암천루

암천루

1판 1쇄 찍음 2017년 1월 24일
1판 1쇄 펴냄 2017년 2월 3일

지은이 | 산수화
펴낸이 | 정 필
펴낸곳 | 도서출판 **뿔미디어**

편집장 | 문정흠
기획 · 편집 | 선우은지

출판등록 | 2002년 9월 11일 (제1081-1-132호)
주소 | 경기도 부천시 원미구 소향로 117번길(두성프라자) 303호 (우) 14544
전화 | 032)651-6513 / 팩스 032)651-6094
E-mail | bbulmedia@hanmail.net
비북스 | http://b-books.co.kr

값 8,000원

ISBN 979-11-315-7721-9 04810
ISBN 979-11-315-6313-7 04810 (세트)

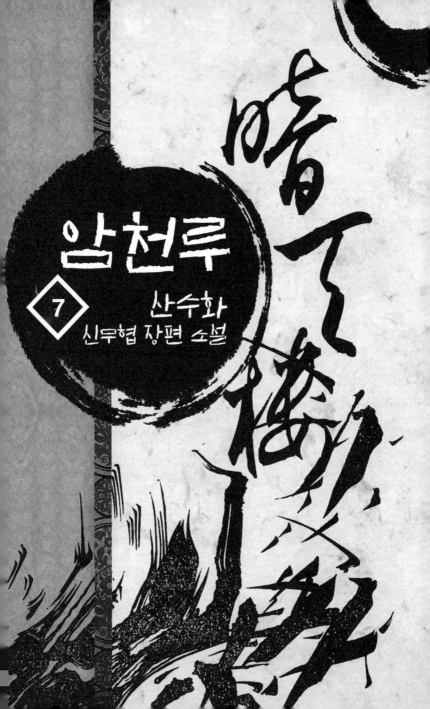

암천루

7

산수화
신무협 장편 소설

차례

1.
구출대(救出隊)

장천의 주먹이 허공을 갈랐다.

파아앙!

공기가 버티지 못하고 찢어지는 소리가 난다.

그의 얼굴에 만족스러움이 퍼졌다.

제대로 된 무공을 익히면서 항상 조급함에 시달리던 그다. 그런 그가 처음으로 스스로의 위치에 만족하는 순간이었다.

뒤에서 그를 지켜보던 옥인이 박수를 쳤다.

"아우, 대단한걸?"

"감사드립니다."

옥인은 진심으로 감탄했다.

물론 장천이 도달한 경지를 이미 예전에 돌파한 그였지만 지금의 놀라움은 경지에서 오는 놀라움이 아닌, 탄탄하게 올라온 속도에 있었다.

'천재인 줄 알고는 있었지만…….'

제아무리 태사부님, 화산무제 소요자 어르신께서 봐주었다지만 장천이 도달한 경지는 심한 감이 있었다.

내공을 싣지 않았음에도 대자연의 결을 파악하여 일권에 충격파를 발생시키는 능력, 가히 절정고수의 면모라 해도 과언이 아니었다.

'어떻게 하면 이렇게까지 빨리 강해질 수 있는 거지?'

그 역시 천재 소리를 듣던 위인이었다. 하지만 장천에 비한다면 아무래도 빛이 바랜다는 느낌이었다.

그렇지만 장천이 보는 옥인 역시 보통 괴물이 아니었다.

똑같은 일 년의 세월. 소요자라는, 가히 비할 데 없는 최강의 무제에게 가르침을 받으면서 옥인의 무력은 상상을 초월할 만큼 높아져 있었다.

당시 강비에 비해 약간의 손색이 있던 옥인의 검은, 이제 문내의 원로들조차 온전히 감당할 수 있을까 싶을 정도로 강인하게 연마가 된 상태였다.

물론 장천의 시야에서였지만, 적어도 그가 보기에 옥인의 실력은 후기지수들 중 최고라 평해도 무리가 없을 만한 것이었다.

두 천재가 서로를 보며 감탄하는 사이.

어느새 홀연히 나타난 소요자가 두 사람을 앉혔다.

"어떠하더냐?"

장천에게 대뜸 묻는 소요자였다. 장천은 고개를 숙이며 답했다.

"몸에 어느 정도 붙은 것 같습니다."

"그래 보이는구나. 참으로 놀랍다. 나조차도 네가 이만큼 빨리 성장할 수 있으리라 생각지 못했거늘, 과연 그간의 네 노력이 헛되지 않았음이리라."

소요자의 입에서 나오는 극찬이었다. 장천의 얼굴이 기쁨으로 물들었다.

"네 내공심법이, 비아 그 아이가 만든 것이라고?"

"정확히는 강 형님과 제가 속한 조직의 두 종사분들께서 합심해 만드신 것입니다."

"그 이름이 혼원일정공이라 하였던가?"

"그렇습니다."

"다시 봐도 놀라운 깊이를 간직한 무공이다. 그만큼 대단한 공부는 연이 닿지 않은 이상 쉽사리 전해지지 않는 법이지. 네 인생을 걸고 파고들기에 하나 아깝지 않은 공부이니, 결코 자만하지 말고 정진하거라."

"예."

"진기는 어떠하더냐?"

"잘 섞여 들어가고 있습니다."

"그럴 것이다. 네 혼원일정공에서 비아의 신공 구결이 묻어나더구나. 비아가 익힌 내공심법은 화산의 무공을 기반으로 한다. 그 편린이 너의 무공에도 들어선 만큼, 나의 힘을 받기에도 무리가 없었을 터다. 하나 그 힘은 결코 만만하게 다룰 만한 것이 아니야. 어련히 알아서 잘 하겠지만, 기를 다룰 때는 조심, 또 조심해야 하느니라."

이미 그 순도가 대자연의 기와 극도로 가까워진 소요자의 내공이다. 그 내공의 일부를 전수했으니, 장천에게는 그런 기연이 또 없을 터.

장천은 감사와 존경을 담아 읍했다.

"명심하겠습니다."

조금은 앳되고, 순수하기만 하던 장천의 얼굴에는 이제 혼원일정공의 서기(瑞氣)가 배어 출중한 기도를 자아내고 있었다.

일 년 만에 소년에서 청년으로 성장한 그다. 바라보는 소요자조차도 감탄을 금치 못할 천재가 여기에 있었다.

소요자의 시선이 이번에는 옥인에게 향했다.

'제대로 여물었구나.'

장천의 얼굴에 서린 서기와 고수의 품격이 서렸다면, 옥인의 몸에서 흐르는 분위기는 이제 구름과도 같았다.

선한 성품 속, 깎아지른 듯한 절벽의 검형(劍形)을 세우던 기도가 이제는 완연하게 무르익은 것이다.

천하의 어떤 고수라도 정면으로 승부해 꺾어놓을 수 있는 종사의 분위기다.

셀 수 없이 쌓여 올라온 무도(武道)의 계단, 옥인의 성취는 장천 못지않게 놀라운 것이었으니 소요자의 얼굴에 감탄이 끊이질 않았다.

난세 속, 마땅히 이어질 인연이 있어 장천에게는 억

지로 내공을 강제적으로 쏟아 넣어주었지만 옥인에게는 그럴 필요가 없었다. 옥인은 이미 깨달음으로 기를 받아들이는 능력부터가 달랐기 때문이다.

과연 옥인의 자태는 산세(山勢)의 고적함과 속세의 화사함을 동시에 품고 있었다. 검인(劒人)으로는 이만한 무인이 또 없을 것이다.

"네 성취가 놀랍구나. 이제 세상에 내보내도 내가 관여할 일은 없을 것 같다."

장천 못지않은 과찬이었다. 옥인은 그저 조심히 고개를 숙일 뿐이었다.

소요자는 두 명의 천재를 바라보며, 세월의 흐름을 다시 한 번 느낄 수 있었다.

그에겐 일 년의 세월이든 십 년의 세월이든 큰 의미가 없었다. 나고 자란 세상, 깨달음이 극에 이르러 언제 이승을 떠도 여한이 없었기 때문이다.

신선에 가까워진 무제를 두 명의 천재는 이승에 붙잡아 두었다. 허허롭기만 하던 신선에게 가르침의 욕심을 불러일으킨 두 사람이었다.

우화등선과는 거리가 멀었음에도, 소요자는 그것이 기꺼웠다.

"이제 내가 해줄 수 있는 것은 없다. 가르친다면 더 가르칠 수 있겠지만 앞으로는 너희들의 부단한 연마로 올라설 산이 나타난 셈이다."

"태사부님의 은혜, 하해와도 같습니다."

"그런 말 하지 말거라. 선대의 가르침을 내가 이어받았고, 나는 나대로 후대에게 가르침을 베푼 것뿐, 돌고 도는 세상의 흐름이란 물살과도 같은 법. 너희가 성장하고 정상에 올라서서, 또 다른 후학들에게 지닌바 깨달음을 전해준다면 그것으로 족하다."

바라보는 세상이 다르다.

제아무리 두 천재라 한들 이미 인간의 영역을 초월한 소요자의 시선을 따를 수는 없었다.

"마침 비아도 세상에 나왔구나. 서로가 성장했으며, 또한 서로를 성장시킬 것이다."

장천의 눈이 크게 뜨였다.

"형님이… 세상에 나왔나요?"

"그렇다. 혜정, 그 친구가 제대로 가르쳤는지 실로 놀라운 실력의 상승이 있었다. 아직 안정되진 않았지만 이미 천하 정점을 넘보기 시작한 힘이다. 광무 그 녀석이 죽어서도 돌보았던 애심(愛心)이 있고, 혜정이라는 무신(武神)이 존재하며, 더욱이 비아 스스로도 각고의 노력을 하였으니 어쩌면 그와 같은 경지는 당연할는지도 모른다."

평온하던 옥인의 눈에도 반가움이 어린다.

수련을 하면서도 항상 마음속에 그리던 존재가 강비다. 그와의 대무는 평생에 가장 강렬한 경험일 것이다. 함께 무도(武道)를 걸어가는 동반자, 벌써부터 기대가 된다.

"하지만 운명에 살(殺)과 흉(凶)이 많아, 또다시 전장의 소용돌이 속으로 빨려 들어가는구나. 원체 스스로를 잘 잡았으니 큰 문제는 없겠지만, 조만간 저 북쪽에서 또 다른 싸움이 있을 것이다. 제아무리 비아 그 녀석이라도 쉽게 볼 싸움이 아닐 터, 너희가 녀석을 좀 도와줘야겠다."

두 사람의 눈이 번쩍였다.

"장소는 태산. 천하제일 명산에 암운(暗雲)이 드리워지리라. 지금 당장 출발해도 아슬아슬할 터, 당장 채비를 하는 것이 좋겠다."

*　　　　*　　　　*

오랜만에 본 강비의 얼굴은 여전했다.

나른한 눈동자 속에서 흐르는 형형한 안광. 귀찮음이 가득 묻어 나오는 분위기 너머로 보이는 단단함.

충분히 반갑다 할 모습이었지만 당선하는 그 흔한 웃음 한 번 짓지 못했다.

"굉장히 오랜만이네요."

못마땅함이 한껏 드러나는 말투다.

그건 강비라고 다를 바 없었다. 사모창에 몸을 싣고 삐딱하게 고개를 갸웃거린다.

"살이 좀 빠졌군. 축하할 만한 일이야."

"밥맛없는 말투는 여전하시고요."

"싸가지 없는 그쪽 주둥이도 나 못지않은데."

"한창 바쁠 때 여기저기 쏘다니면서 코빼기도 보이지 않았던 누구 덕분이겠죠."

"그래서 내 동의도 구하지 않고 광룡왕이니 뭐니 하는 소문을 냅다 퍼트렸나?"

당선하의 얼굴이 살짝 돌아갔다.

애써 시선을 피하려는 기색이지만, 강비의 눈동자는 여전히 화살처럼 그녀의 얼굴에 꽂혀 있었다.

"루주님 지시였어요."

"소문의 흐름을 볼 때 루주 머리에서 나올 만한 계책은 아니던데."

"착각이에요."

"근데 왜 눈을 못 맞춰?"

"눈에 뭐가 들어갔나 보죠."

"흙이 들어가도 바락바락 노려보던 눈알 아니었나?"

결국 두 사람은 피식 웃을 수밖에 없었다. 어색함이라고는 하나 없는 그들만의 재회 인사였다.

"많이 강해졌군요."

"이제 맞고 다니는 것도 지긋지긋해."

"진즉에 그리 열심히 하지 그랬나요."

"도움 없이는 불가능했을 거다."

당선하는 뜻밖이라는 눈으로 그를 바라보았다.

"당신답지 않게 웬 겸양이죠?"

"사실이니까."

천무대종이라 불리는 혜정 대사가 없었다면 분명 이만한 성취를 일궈내지 못했을 것이다.

강비는 정확하게 세상을 바라볼 수 있었고, 그것은

겸양이 아닌 '사실'일 뿐이었다.

"어쨌든, 이제 뒤에 계신 분들도 소개시켜 주셔야죠?"

멀뚱히 서 있는 두 여인들.

강비는 어깨를 으쓱였다.

"이미 알고 있는 것 같은데?"

"알고 있다고 인사도 안 시켜줄 건가요?"

그냥 떠보려는 말이었는데, 진짜로 알고 있었던 모양이다. 강비의 눈에 놀라움이 깃들었다.

"정보력 한 번 끝장나는군."

"개방에서 던져 줬거든요."

"그랬군."

강비는 몸을 돌렸다.

"여기는 민비화. 일전에 우리 의선총경 의뢰 때 얽혔던 그 여자다. 법왕교의 작은 주인이라더군. 그리고 그 옆에는 법왕교 소속 신화단주."

별것 없는 소개였다.

하지만 당선하는 별것 아닌 것처럼 생각할 수가 없었다.

당당하게 예를 취하는 그녀다.

"암천루 소속 당선하라고 해요. 만나서 반가워요."

호의가 가득한 인사는 아니었지만 딱히 예의에 어긋나는 인사도 아니었다. 민비화와 백단화 역시 비슷한 인사를 건넸다.

"덕택에 본루의 쓸 만한 패가 부서지지 않고 잘 도착했네요. 감사드려요."

강비의 눈썹이 꿈틀거렸다.

"그놈의 주둥이질 때문에 언제 한 번 불상사 생길 거다."

"당신만 하겠어요?"

일 년 만에 보는 당선하는 어째 다가가기도 싫어질 만큼 매콤한 냄새를 풍기는 것이 아주 생강이 다 되어 있었다. 강비는 학을 떼며 고개를 저었다.

민비화는 슬쩍 강비의 얼굴을 바라보았다.

'저 인간이 저런 표정도 지을 줄 아네.'

색다른 뭔가를 구경한 기분이다. 나쁘지 않은 기분이었다.

"감사할 것 없어요. 저희는 강비 저 사람을 영입하려고 따라붙은 사람들이거든요."

영입.

빼내겠다는 뜻이다.

그럼에도 당선하의 얼굴에는 한 점 변화가 없었다. 오히려 살짝 웃기까지 한다.

"그래줬으면 좋겠지만… 저 인간은 배신하는 순간 목이 달아날 걸 잘 아는 인간이거든요. 죽고 싶지 않으면 다른 데로 못 가겠죠."

"그래서 제가 힘드네요."

평온한 대화였지만 어째 스산한 날이 서 있다.

당선하는 속으로 침음을 흘렸다.

'만만치 않은데.'

한 번 떠보려고 했다가 날카롭게 맞았다. 조금 떨떠름해졌다.

"근데 저희 측에서 받은 정보로는 법왕교가 다른 노선을……."

"어이. 손님들 앞에 세워놓고 말싸움 하면 재밌나? 별거 없으면 객청으로 안내할 테니까 이제 너는 너 할 일이나 하셔."

시기적절하게 파고드는 강비의 일침이다. 당선하는 퍼뜩 입을 다물었다.

강비의 눈이 예사롭지 않았기 때문이다. 맞는 사람

이고 안 맞는 사람이고를 떠나 저토록 질책 어린 눈빛을 받으면 주춤할 수밖에 없는 법.

당선하는 자신이 조금 흥분했음을 깨달았다.

평소라면 부드럽게 넘길 대화를 물고 넘어지는 것. 그녀답지 않은 처사다.

살짝 부끄러움에 물드는 그녀의 얼굴을 일별하며 강비는 민비화와 백단화를 객청으로 안내했다.

냉정하게 등을 돌리는 그들 뒤로 당선하의 목소리가 재차 울렸다.

"이따가 루주실로 와요."

강비는 대답 대신 손을 몇 번 휘젓기만 했다.

당선하의 얼굴이 영 불편해졌다.

*　　　　　*　　　　　*

강비는 새삼스러운 눈으로 루주실 내부를 둘러보았다.

일 년에 가까운 시간이 흘렀건만 달라진 게 거의 없었다. 약간의 어질러짐으로 수더분한 인상을 주는 책장들. 단출한 가구들.

"근데 이 인간은 어디 갔어?"

당선하는 대답하지 않고 뚜벅뚜벅 걸어가더니 진관호 전용 의자에 털썩 앉았다.

강비의 얼굴에 뜨악한 빛이 어린다.

"미친 거야?"

"듣기 거북하군요."

"미친 게 아니면 거기 선하가 왜 앉아?"

"루주님이 안 계시니까요."

"호랑이가 없으니 여우가 왕 노릇 해보시겠다고?"

"루주님께서는 선풍개와 만나러 출타하셨어요. 아마 삼사일 걸릴 거라고 해요."

"선풍개?"

"네. 덕분에 제가 전권 대리인으로 잠시 루주 직을 맡기로 했죠."

"네 마음대로?"

"그럴 리가요."

강비는 맞은편 의자에 털썩 앉아 나태하게 상반신을 뒤로 젖혔다. 언제나와 같은 자세다.

"그런데 왜 루주실로 부르셨어, 루주 대리님."

"시켜야 할 일이 있으니까요. 외인들 앞에서 주절주

절 나불댈 만한 내용이 아니거든요."

"뭔데?"

"서문 노인께서 실종되셨어요."

강비의 눈이 한차례 변했다.

자세도 그대로고 표정도 그대로였지만, 그의 몸에서 이는 분위기가 확 달라졌다.

서문종신의 실종.

제아무리 강비라 할지라도 그냥저냥 받아들일 수 있는 일이 아니었던 까닭이다. 진지하게 변모한 그의 눈동자 속에서 은은한 적광이 피어오르다가 사라졌다.

"실종이라고?"

"네. 실종이요."

"어떻게 된 일이지?"

당선하는 자초지종을 설명해 주었다. 강비는 가만히 턱을 쓰다듬었다.

"군자금이라……."

"그곳 흔적을 찾아봤는데, 동굴은 완전히 무너졌고 그 안에 군자금은 하나도 보이질 않더군요. 어디로 내뺀 게 분명한데, 진짜 문제는 군자금보다도 서문 노인이에요. 알잖아요, 서문 노인의 능력."

너무나도 잘 안다.

강비는 지금 자신이 오른 경지로도 아직 서문종신과의 격차를 실감할 수 있었다. 직접 보지 않아도 그 정도는 충분히 알 수 있다.

가히 천외천의 능력을 보유한 서문종신.

그런 서문종신이 실종되었다?

"아마 함정에 빠진 것 같아요."

"그렇겠지."

무력 하나만 보았을 때, 절대로 실종될 일이 없는 사람이 서문종신이다. 그것은 암천루 소속 조직원들에게 있어 거의 신앙에 가까운 믿음이었다.

"흔적은 제대로 살폈나?"

"기관술이 펼쳐졌더군요."

강비의 눈이 모로 꼬아졌다. 기관이나 진법 같은 것들하고는 영 친하지가 않은 까닭이다.

"무력의 흔적을 살폈을 때, 분명 서문 노인은 크게 싸우신 것 같아요. 한데 뭔가 거칠더군요. 제 상태가 아니라는 느낌을 받았어요."

"……."

"그리고 또 하나."

"뭐가 또 있나?"

"술법이 사용된 것 같아요. 그것도 극상승의."

술법.

강비의 눈이 다시 한 번 광채를 발했다.

"초혼방?"

"그렇다고 추측해요. 하지만 확실하진 않아요. 벽 언니가 살펴줬으면 확실하겠지만, 상황이 여의치 않아 언니에게 부탁하진 못했거든요."

벽란과는 언제 그리도 친해졌는지 모르겠다.

강비는 가만히 팔짱을 꼈다.

'술법이라.'

술법, 술사들과의 전투가 무섭지는 않지만 부담스러운 것도 사실이다.

벽란이 펼쳐 내는 온갖 기괴한 술수들을 봐온 강비였기에, 술사들이 얼마나 대단한 이들인지 잘 아는 까닭이다.

"그래서 말인데……."

당선하는 한숨을 내쉬었다.

"이번 서문 노인 구출, 벽 언니에게 부탁을 드려도

될까 싶어요."

이미 마음이 섰다면 먼저 부탁했을 당선하다.

그럼에도 머뭇거리는 것, 그만큼 벽란을 어려워한다는 뜻이리라.

그녀의 성격으로 보아 실로 놀라운 일일 수도 있지만, 그럴 만도 한 것이 애초에 벽란은 암천루 소속이 아니었다.

지극히 개인적인 용무로 강비와 동행한 그녀다. 소속 조직원도 아닌 사람에게 부탁하기란 어려웠으리라.

강비는 고개를 끄덕였다.

"내가 한 번 말해보지."

"그래주면 고맙죠."

"또 다른 건?"

"물론 술법의 흔적만 나타난 건 아니었어요. 독특하면서도 정심한 무력의 흔적이 곳곳에 보였죠. 추측하건대, 무신성이 끼어든 것 같아요."

"삼대마종 중 두 곳이라."

"제아무리 초혼방이라도 방주가 직접 나서지 않은 이상 서문 노인을 실종케 할 순 없을 거예요. 방수가 있다는 것이죠. 무력에서의 방수, 무신성이라고 거의 확신하고 있어요."

당선하가 그리 보았다면 분명 그럴 것이다.

그녀의 얼굴에 미안함과 피곤함이 섞여 들었다.

"미안해요. 오자마자 또 일을 시키네요."

그녀답지 않은 사과였지만 강비는 개의치 않았다.

"의뢰도 아니고, 늙은이 구하러 가는 거라면 당연한 거지. 선하가 미안해할 필요 없어."

"그렇게 봐주면 고맙고요."

"근데 천아는? 안 보이던데, 의뢰라도 나갔나?"

당선하의 눈이 살짝 빛났다.

"화산무제께 가르침을 받고 있다더군요."

이번에는 진짜로 놀랐다. 강비의 눈이 화등잔만 하게 커졌다.

"태사부님께?"

천무대종 혜정 대사와 함께 천하제일을 다투는 무신(武神)이자, 강비의 사부인 광무의 스승.

그런 사람에게 가르침을 받는다?

"연락이 왔어요. 화산의 매화검수, 옥인과 함께 가르침을 받는다고 하더군요. 아무래도 이쪽 일이 워

낙에 바빠서 아쉬웠지만, 미래를 생각한다면 천아에게
도 본루에게도 좋은 일이겠죠."

"태사부님께 가르침을 받는다니, 대단한 복이로
군."

같은 선상의 전설인 혜정 대사에게 가르침을 받았
기에 그것이 얼마나 커다란 행운인지 잘 아는 강비였
다.

"어쨌든, 그 일은 나중으로 제쳐놓기로 하죠. 중요
한 건 서문 노인을 구하러 가는 거니까요."

애초에 두 사람은 서문종신이 죽었을 거라 생각하지
않고 있었다. 비록 실종이 되었다지만 그가 그리 쉽게
죽을 사람이 아니라고 믿고 있는 것이다.

그것은 두 사람은 물론 진관호도 마찬가지였다.

"대략적인 행로는?"

"하북에서 끊겼어요. 산서나 산동 방향이라고 보는
데, 미약한 흔적과 정보를 토대로 살핀 결과 산동으로
추측해요."

"산동."

"태산(泰山)으로 이어졌다고 보는데, 그 이상 정확
한 건 판단하기 어려워요. 우리가 직접 가지 않은 이상 정보대로서도 한계에 부딪친 셈이에요."

강비의 눈이 빛났다.

태산으로 이어진 흔적. 하지만 그 이상 파헤치기는 어렵다.

파헤치기 어렵다는 것은 누군가가 수작을 부렸다는 뜻이니, 분명 서문종신은 저들에게 잡혀 있을 것이다. 그나마 죽지 않았다는 확신을 얻게 된 셈이기도 하다.

"준비되는 대로 출발하도록 하지."

"알겠어요."

＊　　　　＊　　　　＊

민비화는 주변을 둘러보았다.

고즈넉한 곳이다.

곳곳에 세월의 흔적이 묻어나오지만 고상해 보이지, 결코 낡아 보이지 않는다. 화려하진 않지만 나름의 품격이 서린 곳, 기가 막힌 능력을 보유한 암천루의 본진이라고 보기에는 평범한 데가 있었다.

백단화도 비슷한 느낌을 받은 모양인지 살짝 웃었다.

"평범 속의 비범이라. 확실히 만만치 않은 곳이네요."

"그러게요."

민비화는 한숨을 쉬었다.

일단 오기는 왔는데, 앞으로 무엇을 해야 할지 막막하다. 강비를 영입한다는 것도 이제 의미가 없어졌다.

스승인 법왕교주의 정체와, 그의 마음을 어느 정도 유추해 본 결과다.

'아마 안전하라고 보내신 거겠지.'

법왕교주는 한 번도 강비와 암천루 조직원들을 만나 본 적이 없었다.

하지만 그럼에도 보냈다. 제자의 안위를 이들에게 떠맡긴 것이다.

그것은 아마도 법왕교 사대절학을 익히며 보는 신안(神眼)의 연사(緣絲) 덕분일 것이다. 스스로도 익히고 있는 공부이기에 더욱 스승의 마음을 잘 바라볼 수 있었던 것이다.

백단화는 민비화의 복잡한 표정을 보며 그녀가 어떤 생각을 하고 있는지 깨달았다.

'많이 답답하신 모양이다.'

누구라도 그럴 것이다.

이곳까지 오는 동안에는 숱한 전투를 벌여 고심할 일이 적었지만 막상 암천루 본진에 도착하니 이런저런 생각이 많아졌을 것이다.

"조만간 교주님을 뵐 수 있을 거예요."

민비화는 그저 웃어만 보였다.

"그럴 거라고 생각해요."

바람을 말하는 것이라고 보기에는 말투에서 풍기는 분위기가 심상치 않다.

백단화의 눈이 빛났다.

"연사(緣絲)를 보신 건가요?"

"연사라기보다는 그저 감이죠. 다른 사람이라면 모를까, 사부님과의 연사를 바라보기에는 아직 공부가 얕아요."

그녀의 눈이 창밖으로 향했다.

저 하늘 어딘가를 보고 있는가. 일순 몽롱해진 눈동자다.

"연초, 숭산 자락에서 한 번 뵐 수 있을 것 같아요. 물론 그건 제가 가야 성사되는 인연으로, 아마 스승님께서도 짐작하고 계시겠죠."

운명, 인연, 천명, 천운.

세상사 얽히고설킨 인연의 실타래를 짐작하는 그들만의 공부다.

이미 경지에 달한 무력으로 절대라는 두 글자를 품에 안은 백단화로서도 볼 수 없는 영역이었다.

"소림방장과 무신성주 간의 비무. 그곳에 나타나실 거란 뜻인가요?"

"정확하게 파악할 순 없어요. 아마 그럴 거라고 생각은 하지만."

"그렇다면 저희는 여기서 기다려야겠군요."

"……."

그래야겠지만, 선뜻 그래야겠다는 말이 나오질 않는다. 백단화는 그녀의 심정을 이해했다.

혼란스러울 것이다. 그녀에게는 생각할 시간이 필요했다.

"뭐 그렇게 청승을 떨고 있어?"

문을 열고 들어오는 사람. 강비였다. 여전히 삐딱한 얼굴, 본인에게는 집이라 할 수 있는 곳에 왔음에도 변하지 않는 표정이 거기에 있었다.

민비화의 얼굴이 불퉁하게 변했다.

"나는 뭐 청승도 떨면 안 되나요?"

"어울리지 않아서 하는 말이다. 빽빽 쏘아붙이는 게 선하랑 닮았다 싶었는데, 아직 소녀 감성인가."

툭툭 치는 말투다. 민비화의 얼굴이 고약하게 변했다.

"만만치 않은 여자던데요?"

"누구? 선하? 그렇겠지. 가끔 가다가 한 대 때려주고 싶을 정도니까."

별스럽지도 않다는 표정이다. 민비화의 얼굴이 조금 가라앉는다.

"어떻게 할 거야? 계속 여기에 있을 건가?"

받아들이는 사람에게는 여러 가지 의미로 해석될 수 있는 물음이다. 백단화는 가만히 있는 가운데, 민비화가 입을 열었다.

"어떻게 했으면 좋겠어요?"

뜻밖의 물음이다. 강비는 고개를 갸웃거렸다.

"그걸 나한테 물으면 어떻게 해?"

"어쨌든 집주인은 그쪽이잖아요. 내쫓든 뭘 하든 객(客)으로서 받아들여야죠."

그녀답지 않은 말이었다.

하지만 이해할 수도 있을 것 같았다. 그녀가 처한 상황이 얼마나 혼란스러운지 들었기 때문이다.

"지내려면 편하게 지내. 지금에 와서야 날 영입하네 마네 말할 처지도 아닌 것 같고, 달리 갈 데도 없다면 이곳에서 지내는 것도 나쁘진 않을 거다. 덧붙이자면, 여기 집주인은 내가 아냐."

전혀 거리낄 것 없다는 기색. 민비화의 얼굴이 떨떠름해졌다.

"갈 데가 없다. 그 말은 맞네요."

"그럼 여기서 지내. 어쨌든 그쪽 사부하고도 만날 거 아닌가, 조만간."

민비화의 눈이 커졌다.

"그걸 어떻게 알아요?"

오히려 강비가 고개를 갸우뚱거렸다.

"뭘 그렇게 놀라? 당연한 거 아닌가. 가만히 죽치고 앉아만 있기에는 네 성격이 꽤나 진취적이라고 생각했는데? 용두방주한테 사정을 다 들었으니, 어쨌든 사부와 만나서 얘기라도 해야 할 상황 아니던가?"

조만간 떠날 거라고 생각한 모양이다. 법왕교주나

민비화처럼 연사를 보는 눈은 없어도, 상황을 관통하는 눈과 생각이 있는 남자였다.

"그렇겠네요."

"어쨌든 지내기에 불편함은 없을 거야. 선하한테는 다 말해뒀으니까. 나는 할 일이 있어서 곧 떠나. 잘 지내고 있어."

"떠난다고요?"

"처리해야 할 일이 있거든."

느닷없이 훅 간다고 하니 또 마음이 묘하다.

백단화가 물었다.

"실례지만 물어도 될까요? 어디로 가는지."

"실례될 것 없소. 우리 조직원 중에 한 사람이 실종되었는데 그 사람 찾으러 가는 길이오. 태산으로 갈까 하는데."

"산동 태산?"

"그렇소."

범부에게는 먼 길이겠지만, 무인에게는 마음만 먹으면 금세 도달할 거리이기도 했다.

백단화는 민비화를 바라보았다.

어떻게 할 거냐는 눈빛.

백단화야 민비화를 보좌하기 위해 동행한 것이니만큼 전적으로 민비화의 생각을 존중하는 느낌이다.

　민비화가 강비를 따라간다면 자연 백단화도 따를 수밖에 없는 것.

　민비화는 고개를 저었다.

　조만간 스승을 만날 거란 강렬한 예감을 느낀 지금이다. 여기서 지내기 불편하더라도 강비를 따라갈 수는 없다. 실상 따라갈 이유도 없었다.

　물론, 이곳에 지낼 이유도 없어졌지만.

　백단화는 살짝 웃었다.

　"불편함 없이 그냥 지내도 되죠?"

　"그렇게 하시오. 무공을 연마한다면 저쪽 뜰에 내가 수련하는 장소가 있으니 거길 쓰면 될 거요."

　"언제쯤 오시나요?"

　"기약 없는 길이오. 짧으면 서너 달 걸릴 것 같지만 그것도 장담할 수는 없지."

　"숭산에는 못 오시겠네요?"

　"연초 비무 말씀이시오?"

　"네."

　"뭐, 내가 거기로 가야 할 이유는 없으니까. 의뢰가

들어온다면 또 모르겠지만 이쪽은 이쪽대로 할 일이
있으니.”

지금의 만남이 마지막이 될 수도 있다는 것이다.

백단화는 천천히 일어나 포권을 취했다. 무인으로서
의 예였다.

“그간 함께해서 즐거웠어요.”

강비는 가만히 그녀를 바라보다가 마주 인사했다.

민비화에게는 툴툴대는 그였지만 백단화에게만은 달
랐다. 백단화의 위치가 어떤 위치인지를 떠나, 능히 존
경받아 마땅할 무인이었기 때문이다.

“나 역시 싫지 않은 동행이었소.”

담백한 인사였다.

민비화는 콧방귀를 뀌었다.

“내년에 또 볼 것 같군요.”

“그런 것도 보이나?”

“그냥 예감 같은 거죠.”

“그래. 어쩐지 반가울 것 같기도 하군.”

뜬금없는 말이라서 오히려 민비화가 다 놀랐다.

강비는 살짝 웃었다.

“틱틱 대는 거, 그리울 거다. 네 말대로 그 예감이

맞다면, 그때는 술이라도 한잔하도록 하지."

인간적인 마무리였다. 민비화는 영롱한 눈으로 그를 바라보다가 고개를 끄덕였다.

"내가 사죠."

"당연하지. 난 돈 한 푼 없어."

깔끔하진 않아도 마무리는 제대로 된 모양새다.

그렇게 강비와 민비화 일행은 길었던 동행의 끈을 잘 끊어낼 수 있었다.

＊　　　　＊　　　　＊

등효는 슬쩍 강비의 허리춤을 바라보았다.

한 자루 장검이 달려 있다. 일반 장검보다 두툼하고 긴 것이 군용 철검과도 같은 모양새, 쌍수검(雙手劍)이었다.

"새로 좋은 검도 구했구려."

"사모창을 얻은 데서 구했소."

"어쩐지 잘 어울리는군."

"그렇소?"

은은한 녹청빛 검신을 띠는 장검. 예리하진 않아도

능히 보검(寶劍)이라 할 만한 자태다.

더하여 가슴에는 가죽띠로 맨 비수에 손에는 사모창, 허벅지에는 철정까지 꽂혀 있었다. 장포를 걸치면 대부분 가려질 테지만 참으로 무림인답지 않은 무장이었다.

"실상 당신에게 다 맡길 생각이었는데 말이외다."

등효는 한옆에 세워 둔 용아창과 그 옆에 잘 싸맨 두 자루 신검(神劍)들에게 시선을 던졌다.

신검들도 용아창처럼, 그 안에 숱한 부적들로 봉인이 된 모양이다.

억눌리고 억눌린 신기가 안개처럼 새어 나오는데, 양은 적을지언정 신기의 농도만큼은 상상을 초월하고 있었다.

강비는 고개를 저었다.

"나에게는 어울리지 않소. 나중에라도 연이 닿는 자에게 주는 게 좋을 거요."

"그렇게 답할 거라고 생각했소."

등효는 주섬주섬 두 자루 검을 챙겼다. 그럼에도 용아창은 놔둔다.

강비의 눈이 의아하게 변했다.

앙천루

"어디 가시오?"

"어디 가냐니? 당신을 따라가지 어딜 가겠소?"

뜨악한 표정이 될 수밖에 없었다. 강비는 입을 쩍 벌리고 등효를 바라보았다.

당연하다는 등효의 얼굴.

"생각해 보니 평생 술을 사주는 것보다 함께하면서 이것저것 빚 탕감을 하는 게 빠를 것 같아서 말이오."

장난스러운 이유였지만 마냥 장난이라고 보기에는 등효의 얼굴이 진지했다. 장난이되 또한 장난이 아니다. 목숨을 구한 빚, 이번에는 등효가 돕겠다는 것이다.

강비는 등효의 얼굴에서 절대로 물러나지 않을 굴강한 의지를 느낄 수 있었다.

한숨이 나왔지만, 어찌 보면 또 좋을 일이다. 등효만 한 고수가 도와주겠다는데 오히려 쌍수를 들고 만길 일 아니던가.

하지만 등효에게는 강비를 돕겠다는 이유말고도, 함께하는 이유가 또 있던 모양이다.

"당 소저에게 들으니, 그곳에서 무신성의 흔적도 보

인다고 하더이다."

"그런 것도 알고 있었소?"

등효는 어깨를 으쓱했다. 그것을 보며 강비는 애초에 그가 당선하에게 따라가겠다고 말한 것이었음을 깨달았다.

당연히 함께할 처지인만큼, 당선하가 정보를 개봉했을 것이다.

'감당하기 힘든 사람이군.'

옆에 서 있던 벽란은 희미하게 웃었다. 고운 자태였다.

"한데 어찌 검을 들고 가시오? 검법도 익히셨소?"

"설마. 대산의 무문은 두 주먹으로 모든 걸 헤쳐 가는 걸 미덕으로 삼고 있소."

"그러니까 왜 검을……."

"나는 아직 내가 할 일을 잊지 않았기 때문이오."

등효의 의무.

바로 신병이기를 전달하는 것이다. 이름도 모르고 정체도 모를 누군가에게, 연이 닿는 연자(緣者)에게 검을 전하는 것.

"용아창은?"

"검은 등에 맬 수 있지만 창은 들고 다니기 귀찮으니까."

검도 차고 다니기 충분히 불편할 것이다. 그냥 놓고 가는 것이 좋을 텐데, 어떤 이유인지 알 수가 없었다.

하지만 본인이 그렇게 한다는데 어쩔 것인가. 이번 산동행에 어떠한 예감이라도 느낀 것인지 모른다. 엄청난 덩치에 어울리지 않게 눈치가 빠르고 감각이 뛰어난 위인이 등효였다.

"자, 그럼 가봅시다."

그렇게 강비와 벽란, 등효는 일 년에 가까운 시간 만에 다시 동행을 하게 되었다.

목표지는 산동.

천하제일 명산이라 불리는 태산이었다.

*   *   *

선풍개는 가만히 진관호를 바라보았다.

이름 쟁쟁한 암천루의 주인이 그였다. 실상 이런저

런 서신과 정보 전달은 많이 했지만, 이렇게 눈으로 직접 본 것은 처음이었다.

그래서 선풍개는 경악할 수밖에 없었다.

불편한 심기를 감추지 못하는 진관호. 그 분위기가 자연스럽게 기도로 연결이 되어 뿜어지는데, 이건 뭐 감당할 수가 없는 무인이었다.

'엄청난 강자! 방주님에 필적하는, 아니 그 이상이다!'

십만 개방도의 우두머리이자 천하제일방이라고까지 불리는 위진양이다.

비록 다른 구파의 장문인들보다 나이는 어릴지언정 같은 선상에서 언급되는 고수인 만큼 위진양의 무력은 가히 천하 정점에 이르렀다 해도 과언이 아닐 터.

그런데 눈앞의 진관호란 인물은 그런 위진양보다도 더 강한 기세를 보여주고 있었다.

그저 은연중 드러나는 기도만 해도 그럴진대 진정 작정하고 기세를 개방하면 얼마나 괴물 같은 힘을 발산할지, 생각만 해도 아찔할 지경이다.

선풍개의 눈에서 그와 같은 경악의 심정을 본 것

일까.

진관호는 스스로의 마음을 다독였다.

마음을 다독이자 파랑을 일으키던 기도가 잠잠해진
다. 온전히 갈무리한 기, 살랑이던 용의 꼬리를 집어넣
으니 그저 좋은 옷을 입은 미중년만이 남았다.

"실례했소."

"아닙니다. 그쪽 사정이 좋지 않다는 걸 잘 알고 있
습니다."

사뭇 예의가 깃든 어조였다. 선풍개로서도 감히 함
부로 할 수 없는 거물인 것이다.

진관호는 한숨을 내쉬었다.

"시간이 없는데 괜히 심려를 끼쳤소. 일단 일 얘기
부터 합시다."

"그러시지요."

선풍개는 한옆에 쌓아둔 서신들을 건넸다.

"현재 중원 각지로 퍼진 삼대마종의 세작들을 지속
적으로 파악하는 중입니다. 이 서신에 적힌 것은 한 달
내에 재차 파악이 된 정보들로, 점차 그 꼬리가 드러나
고 있는 실정입니다."

진관호는 빠르게 서신들을 훑었다.

'굉장하군.'

심기가 불편하든 편하든.

서신에 적힌 정보들. 그것을 보는 진관호의 눈에 기광이 어렸다.

'한 달 사이에 이만큼이나 많은 정보들을 발굴해 냈다. 과연……'

모든 준비가 갖추어진 이때, 작정하고 파고든 개방의 정보력은 실로 대단한 것이었다. 정보력에 있어서 개방과 동수라 자부하던 암천루의 비선들조차도 이만큼 정밀하게 파고들 수 있을지 의문이 들 정도였다.

과연 천하제일방, 십만 개방이라는 이름이 아깝지 않았다.

"중요한 것은 자금의 흐름입니다."

"알고 있소. 장강 이남 쪽에 특히 집중이 되었군."

"용곤문은 삼대마종의 거점이었습니다. 그런 거점이 붕괴된 지금, 금력(金力)으로 힘을 대신하려는 것이지요."

"아닌 게 아니라, 당신의 말이 맞겠소."

"오히려 용곤문이 건재했을 때보다도 더 힘이 드는 상황입니다. 같은 무파(武派)라면 최악의 경우 힘으로라도 깨부술 수 있겠지만 지금 싸움이 되면 양측 전부 괴멸될 가능성이 있기 때문입니다. 누구 하나 선불리 건드릴 수가 없는 실정입니다."

"옳게 보았소. 하지만 이만큼이나 금력을 집중하고 있다는 것은 그만큼 저쪽에서도 상황이 급박하다는 증거라고 볼 수 있겠소."

"정확한 판단이십니다. 점차 배수진(背水陣)을 치는 모양새입니다. 만약 강북에서의 싸움이 장기전으로 들어가면 양측의 공멸이 될 것이고, 혹시라도 중원 무림 측이 밀리게 되면 무섭게 치고 올라올 겁니다. 그때가 되면 전세가 단번에 기울어지겠지요."

진관호는 가만히 팔짱을 꼈다.

"어차피 이번 싸움은 뒤가 없는 싸움이었잖소? 비등한 전세가 대번에 기울어질 만큼 극단적으로 변모한 싸움이오. 무신성주가 소림방장께 비무를 청한 이유가 사기 진작의 이유도 있겠지만, 시선을 돌릴 용도로도 사용될 수 있다고 판단하오."

선풍개는 나직이 감탄했다.

"저희 측도 그리 판단했습니다. 아무래도 그만한 거물이 남하한다면, 모든 시선이 쏠리게 될 테니까요."

무신성주.

삼대마종 중에서도 가장 무력(武力)이 부각되는 이름이다.

이른바 중원 무림에 있어서도 절대강자의 남하라는 뜻이다. 중원 무림의 중심이라 할 수 있는 소림사 방장과 새외의 절대강자인 무신성주와의 싸움, 당연히 모든 시선이 집중될 수밖에 없을 터.

무신성주가 움직이는 즉시 헤아리기 어려울 만큼 많은 시선들이 그곳으로 쏠릴 것이다. 그 틈을 타서 곳곳에 공작원들을 파견할 가능성이 높다.

햇빛이 있으면 그 뒤로 지는 그림자도 있는 법이다. 보이지 않는 곳의 싸움, 그래서 음지의 싸움은 힘들다.

"이쪽에서 막는다고 해도 전부 막을 수는 없을 겁니다. 결국 무신성주가 움직이기 전에 최대한 많은 수의 세작들을 색출해야만 합니다. 결국 암천루의 힘이 시급하다는 뜻이지요."

"잘 알아들었소. 이 건은 알아서 처리하리다. 맹회

에서 수발들어 줄 이들을 딸려 보내주시오."

"걱정하지 마십시오. 삼 일 내로 도달할 겁니다."

이미 예측하고 미리 병력을 이동시킨 모양이다. 확실히 선풍개는 만만치 않은 사람이었다.

"그리고 개방에 개인적인 부탁 좀 합시다."

부탁.

암천루주씩이나 되는 사람이 개인적인 부탁을 하자고 한다. 필시 보통 일이 아닐 터, 선풍개는 진관호가 할 부탁이 어떤 부탁인지 대강 눈치챌 수 있었다.

"조직원의 실종 문제로군요."

"그렇소. 이쪽에서 파악한바, 하북을 넘어 산동 쪽으로 흔적이 잡히고 있소. 태산 부근이라고 보는데, 그것도 정확하진 않소이다. 개방에서 힘 좀 써주었으면 하오."

선풍개는 고개를 끄덕였다.

"그건 걱정하지 마십시오. 산동 무림에 포진한 개방도들을 움직이겠습니다. 마침 천리신개(千里神丐) 장로가 산동 태안에 머무르는 중입니다. 그에게 말해두겠습니다."

천리신개라면 개방 장로들 중에서도 무공, 인품, 안목 등 손가락에 꼽히는 고수였다.

진관호의 얼굴이 대번에 밝아졌다.

"그리 처리해 준다면, 실로 감사할 따름이오."

"너무 그러지 마십시오. 당연히 해야 할 일입니다."

당연한 일.

이 전쟁 와중에 천리신개만 한 인재를 빼돌려 암천루에 붙여준다는 것은 결코 쉽게 볼 일이 아니었다.

그럼에도 선풍개는 말한다. 당연히 해야 할 일이라고.

굳이 협의를 들먹이지 않아도, 암천루가 이쪽 전쟁에서 해준 일이 너무나도 많았기 때문이다.

삼대마종의 준비성은 무척이나 단단하여, 만약 모든 세작들이 일거에 일어났다면 지금쯤 천의맹은 와해에 가까운 피해를 입었을 것이다.

그런 사태가 일어나지 않은 것은 전적으로 암천루 덕분이다. 암천루의 색출 능력과 암살 능력이 없었다면 지금보다 훨씬 어려운 싸움을 하고 있었을 것이다.

진관호는 한숨 놨다는 듯 표정을 풀었다.

선풍개는 주섬주섬 짐을 챙기다 문득 생각이 났다는 듯 입을 열었다.

"그러고 보니 루주께서는 저와 만나느라 반가운 얼굴과 재회도 못하게 되셨습니다."

용곤문에서 만난 천고의 기재.

강청진이라는 가명을 썼지만, 이제는 강비의 이름을 제대로 알고 있는 선풍개였다. 기실 광룡왕이라는 무시무시한 별호를 세간에 전달시킨 쪽이 개방이니만큼, 모를 수가 없는 이름이었다.

진관호는 멋쩍은 듯 머리를 긁었다.

"어차피 또 보게 될 얼굴이외다. 그놈도 도착하자마자 바로 산동으로 떠났을 것이오."

"처음 그를 보았을 때 얼마나 놀랐는지 루주님은 모를 겁니다. 그런 인재가 이제는 철마신까지 쓰러트릴 정도로 강해졌으니, 정말 하늘이 내린 천재가 있기는 있는 모양입니다."

선풍개는 가만히 당시의 기억을 떠올렸다.

나른한 눈빛. 완벽하게 짜인 육체에 손에는 강철의

철봉을 든 사내.

한참이나 어린 남자였지만 승부를 장담할 수 없는 무력을 발산하던 자다. 하물며 비정철곤 오강명과 대등한 승부까지 벌이지 않았던가. 그 나이에 그 무력, 누구라도 경악할 수밖에 없으리라.

한데 그런 무인이 이제는 천하삼절로 손꼽히는 철마신까지 때려눕혔단다. 철마신이라면 비록 위진양보다는 한 수 아래라 할지언정 같은 삼절에 속한 마도의 초고수다.

용두방주에 근접한 무력.

그 정도면 능히 무신이라 할 만하다. 그때도 무서우리만치 강하던 고수가 어느새 창천을 노니는 한 마리 창룡이 되어버린 격이다.

"이쪽에서도 아끼고 아끼는 인재외다. 그만큼의 시련을 겪고 성장했으니 힘도 허투루 쓰지 않을 게요. 확실히 내 인복은 있소이다."

"언젠가 한 번 만나자고 전해주십시오. 술이라도 한잔하고픈 후배더군요."

"그리 전하겠소이다."

"이 거지가 신분에 맞지 않게 할 일만 많습니다. 시

간이 있다면 개고기라도 뜯을 텐데, 루주님께 면목이
없군요."

"그런 말씀 마시오. 바쁜 분을 내 너무 붙들었
소."

"하면."

그렇게 훌쩍 떠나 버린 선풍개다.

애초에 개방의 용두방주인 위진양과의 연이 있지만,
선풍개만 보아도 개방이 얼마나 대단한 집단인지 알겠
다.

나이의 고하, 무공의 고하와 상관없다. 선풍개만 한
인재를 이만큼 제대로 다룰 수 있다는 것만으로도 개
방은 천하제일방이라 불릴 자격이 있는 것이다.

진관호 역시 서신을 품에 넣고 일어났다.

그의 시선이 저 멀리, 북동쪽으로 향했다. 산동, 태
산이 있는 방향이었다.

그의 눈동자가 깊어졌다.

"부디 살아만 계십시오."

*　　　　　*　　　　　*

서문종신은 천천히 눈을 떴다.

벽에서 이는 차가움이 등허리를 훑고 지나갔다. 한기가 도는 곳, 그의 눈이 주변을 훑었다.

'감옥인가.'

철그렁.

양쪽 손목을 드니 꽤나 두터운 수갑이 채워져 있었다. 재질은 불명이지만 수갑에서 끊임없이 음산한 금기가 흐른다.

서문종신의 눈썹이 살짝 조여졌다.

'기맥을 막는군.'

기물(奇物)이다.

맥문 쪽에 작은 바늘이 돋아나 있는 것 같은데, 그것이 살갗을 뚫고 내부로 금기를 전도하고 있다. 그 금기가 파고들고 또 파고들어, 내공을 일으키지 못하게 하는 것이다.

내공을 금제하는 기물.

이런 기물은 본 적이 없다.

'얼마나 시간이 지났을꼬?'

그나마 감옥 천장 부근에 자그마한 창살이 나 있었다. 어둑한 하늘 너머로 미약한 달빛이 스며들고 있었다.

내공을 끌어 올리지 못하니 안력을 틔우지도 못한다.

한낱 수갑으로 내외로 유통하는 기가 자유로운 서문종신을 옭아맨다. 기가 찰 일이었다.

'나만 한 고수를 제압하는 기물이라. 보통 기물이 아니로군.'

나름 안목이 깊다고 자부했는데, 이런 물건은 듣도 보도 못했다.

"끄응."

살짝 몸을 뒤트는데도 삭신이 쑤신다.

"그래도 그놈들, 상처는 치료해 줬군."

생각보다 감옥의 상태도 훨씬 깨끗하다. 지하의 뇌옥이 아니라 지상, 그것도 몇 층 건물 위인 듯했다.

맥문으로 파고드는 음험한 금기와 벽에서 이는 한기가 문제일 뿐, 그 외에는 살림을 차려도 될 만큼 고즈넉한 공간이다. 감옥이라는 말이 어울리지 않을 정도다.

그때였다.

화르륵.

창살 바깥, 벽에 걸린 화섭자에 불이 붙었다. 느닷
없이 붙는 불꽃, 영문을 모르는 사람이라면 귀신이 나
타났다고 할 만한 기사다.

하지만 서문종신은 조금도 당황하지 않았다.

불꽃 밑으로 새어 나오는 한 쌍의 안광.

일혼주, 반혼이었다.

"몸은 좀 어떠시오?"

여전히 인간 같지 않은 기도를 발산하는 남자였다.
신비로운 힘, 벽란과 가까운 기파는 술법을 쓰는 술사
들 특유의 기도일 것이다.

서문종신은 헛웃음을 지었다.

"감옥에 가둬놓고 물어볼 말이 아닌데?"

반혼의 시선이 서문종신의 수갑으로 향했다.

은은하게 검붉은 광택을 내는 수갑. 쇠사슬끼리 연
결되어 움직임까지 봉하는 수갑이었다.

"혈금철박(血金鐵搏)이라 하오. 한철(寒鐵)에 봉인
술법을 걸어 기(氣)의 유통을 완전하게 방해하는 물건
이오. 육신은 물론 기의 통제가 자유자재인 절대고수
들에게 채우기 안성맞춤인 물건이지."

"설명해 달라고 한 적 없다."

"기는 끊임없이 흐르고 흐르는바. 그것을 한곳으로 고이도록 만드는 물건인만큼 지속적인 내상을 유발하지만, 동시에 어느 경계를 넘어서면 체내의 기가 마기(魔氣)로 화하기도 하오. 무인의 수준에 따라 다르지만, 아마 당신 정도의 무인이라면 열흘 안으로 단전의 기가 전부 마기로 변하게 될 것이오."

왜 설명해 주는지 알 수는 없지만, 이번 설명만큼은 가만히 듣고 넘길 수 없었다.

서문종신의 눈썹이 역팔자를 그렸다.

"마기라고?"

"그렇소. 순도가 높을수록, 마기의 질도 향상이 되지. 당신 정도라면 필시 마왕(魔王)의 재현이라 할 만한 기를 뿌리게 될 것이오."

마기란 곧 역천의 산물이다.

애초에 자연스러운 흐름이 아닌 만큼, 마기 역시 인위적으로 생성해 낼 수 있다는 것이다.

문제는 그것을 서문종신 정도의 고수에게도 사용할 수 있다는 것이다.

"차라리 단전을 폐하거나 죽이지 왜 이 비싸 보이는

물건까지 채우면서 애쓰는 건가?"

자신이 살아난 것부터가 의아한 그였다. 적이라면 마땅히 죽여야 마땅한데, 어찌하여 이리 거창한 짓까지 해가며 묶어두는가.

반혼은 바로 답하지 않았다.

천천히 몸을 일으키는데 어쩐지 불편해 보이는 기색이다. 그러고 보니 기도가 처음 봤을 때보다 많이 거칠었다. 중상을 입은 모양새다.

반혼은 왼팔을 들어 올렸다.

여전히 붕대로 가득한 왼팔이다.

"이것 보시오. 당신이 가한 공격 한 번으로 거의 박살이 났소. 나 정도의 술사라면 사흘 안에 고쳐 놓을 수 있을 텐데, 오히려 상처가 썩어 가려고 하더군."

"천벌을 받은 게지."

농담처럼 내뱉은 한마디였다. 반혼은 고개를 저었다.

"나의 기와 상충하는 진기. 그만큼 당신의 내공이 파괴적이었다는 뜻이겠지. 당신의 무공은 실로 대단하구려. 과연 암혼가의 당대 계승자라 할 만하오. 아직까지도 내상이 나아질 기미가 보이지 않소."

반혼의 기도가 유독 거친 이유가 그것이었다.

서문종신은 그처럼 지치고 힘든 와중에도 대다수의 무인들을 몰살시키고, 반혼까지 초주검으로 만들어 놓았다.

심지어 반혼은 무인이 아닌 술사, 서문종신을 공략할 만한 온갖 수법을 알고 있는 위인이다. 그럼에도 지쳐서 쓰러지기 직전인 서문종신에게 당한 것이다.

반혼의 힘이 약한 것이 아니라 서문종신의 무공이 그만큼 막강해서였다. 혼신의 힘을 다한 서문종신의 무공은 가히 악몽이라 불리어도 과언이 아닌 바, 반혼은 자신이 아닌 다른 혼주였다면 열이면 열, 고혼이 되었으리라 확신했다.

서문종신은 어깨를 으쓱였다.

"그래서, 나를 왜 잡아둔 건데? 나의 내공을 마기로 변환시킨다? 날 마인으로 만들겠다, 이건가?"

"마공을 익히고 마기를 뿌린다고 다 마인이라 할 수는 없소."

"하면 왜 이런 쓸데없는 짓을 하는데?"

"당신을 강시로 만들기 위해서요."

서문종신의 눈에 놀라움이 서린다.

"강시를 만든다고? 나를?"

"그렇소. 전설에나 나오는 앙신귀장 정도는 못 되겠지만 당신 정도의 무공을 생각하면 실로 무시무시한 전력이 될 터, 금강불괴(金剛不壞)의 육신을 지닌 최강의 강시가 탄생할 수 있겠지."

산 사람을 강시로 만든다.

죽음 앞에서도 의연할 서문종신이지만, 반혼이 내뱉은 말에 소름이 돋지 않을 수 없었다.

명예로운 죽음은 바라지도 않는다. 그냥 머리통을 터트리든 목을 베든 그것이 이승에서의 운이라면 그저 받아들이면 그뿐이다.

하지만 강시로 만든다는 건 차원이 다른 문제였다.

"나를 강시로 만드시겠다……. 기가 차는군."

"전부 당신 때문이오. 당신이 우리와 손을 잡겠다 했으면 이렇게 불쾌한 일이 벌어질 일은 없었을 거요. 하지만 또 달리 보면 잘됐다 싶기도 하오. 당신의 성정, 동맹이라 해도 어디로 튈지 모르는바, 차라리 확실한 아군으로 만드는 게 좋겠지."

진심으로 그리 생각해서 더 무서운 발언이다.

서문종신은 나직이 한숨을 내쉬었다.

"왜 너희들을 마종이라 부르는지 알겠군."

반혼의 눈썹이 살짝 꿈틀거렸다.

"달갑지 않은 별칭이로군."

"하는 짓거리들이 하나같이 그러니, 어찌 마종이라 부르지 않겠나. 그러고 보니 초혼방은 일전 강시들로 황궁까지 박살 내려 한 적이 있었지."

"누가 하면 반란이고 누가 하면 혁명인가? 그런 걸 생각해 보면 당신의 말이 얼마나 이상한 잣대를 두고 움직이는지 알 것 같소만."

"황궁이고 뭐고 강시를 동원했다는 측면에서 이미 너희들은 구제불능의 쓰레기지. 무슨 반란이니 혁명이 니를 들먹이나."

반혼의 입가에 미소가 어렸다.

무표정한 얼굴에 가느다란 미소. 보는 이로 하여금 섬뜩함을 불러일으키는 미소였다.

"이때껏 본방을 두고 그리 거침없는 발언을 하는 자는 한 번도 못 봤소이다. 하나같이 뒤에서만 수군거리지, 앞에서는 고개부터 조아리는 자들 천지였소."

"그런가?"

"어쨌든 당신은 실로 경이로운 무인이오. 서문종신이라는 이름 앞에서라면 존중은 필수 덕목이라 할 것이오."

"느닷없이 칭찬해 주니 당황스럽군."

"그저 이리 대화할 수 있는 시간이 열흘밖에 남지 않았음이 안타까울 따름이오. 당신 같은 사람이 싫지는 않소. 하나 본방의 전력을 위해서 희생해 주셔야겠소."

"너무 확신하는 거 아닌가?"

서문종신의 반문에 반혼의 눈에도 이채가 뜨인다.

"누군가가 당신을 구해주리라 생각하는 모양이오?"

"우리 루주를 너무 얕보는 것 같은데, 내가 인정하는 몇 안 되는 남자 중 하나다. 그리고 나는 루주와 꽤 친한 편이지. 이 늙은이에게도 자랑할 만한 동료가 있다는 게지."

"암천루주, 진관호라 하였던가. 분명 대단한 자라고 알고는 있소만 누구라도 상관없소. 당신은 열흘 뒤 미쳐 날뛰는 강시가 되고 말 거요."

"그럼 어디 보자고."

서문종신의 눈이, 확신의 안광을 뿜어냈다.

"누구의 말이 옳은지."

2.
태산광룡전(泰山狂龍戰) 一

하남 정주에서 산동 태산까지의 여정.

가까운 거리는 아니었지만 그렇다고 아주 멀다 할 수도 없는 거리였다. 특히나 무공의 고수에게는 밤잠을 마다하고 달리면 며칠 내로 도달할 만한 거리이기도 했다.

강비는 빠르게 달렸다.

내공이나 체력이 떨어지면 가까운 마방에 가서 말을 타고 달리기까지 했으니, 거리가 좁혀지는 것도 순간이었다. 그 뒤를 따르는 벽란과 등효 역시 강비 못지않은 속도로 달리고 있었다.

그렇게 산동을 넘어 태안 부근까지 도달했을 때.

벽란이 일행을 멈춰 세웠다.

"왜 그래?"

의아한 두 남자의 시선을 받은 벽란.

감은 눈 너머로 무엇이 보이는 건지, 고운 아미를 살짝 찌푸리며 기감을 확장시킨다.

강비와 등효는 입을 다물었다. 벽란의 표정이 심상치 않았기 때문이다.

얼마나 지났을까.

벽란의 입이 천천히 열렸다.

"초혼의 술력이 느껴져요."

초혼의 술력이라 함은 곧 초혼방 소속의 술법사들이 근처에 진을 치고 있다는 뜻이리라. 아직 태산까지는 도달하지도 않았거늘, 벽란의 심안에는 무언가가 보이는 것 같았다.

강비는 주변을 둘러보았다.

추운 겨울. 눈발이 날리는 세상이다.

'그러고 보니…….'

어째 공기가 좋지 않다.

음험한 바람이 인다. 벽란처럼 어떤 기운을 느끼진

못하지만, 무척이나 익숙하면서도 꺼려지는 공기가 안개처럼 자욱하게 흐르고 있었다.

벽란이 멈추지 않았다면 모르고 지나쳤을 만큼 미세한 흐름이었다.

'요사한 공기다. 전장의 피 냄새와는 달라.'

요기(妖氣)라고 해야 할까. 결코 다가가고 싶지 않은 괴이쩍은 영역이었다.

"결계(結界)로군요."

초혼방의 결계.

등효는 나직이 투덜거렸다.

"술법은 영 어려운데……."

강비나 등효나 힘 있는 무공으로 상대를 부수는 데에 능하지 술법과는 거리가 멀었다. 일행 중 벽란 같은 고위의 술법사가 있다는 게 얼마나 다행인지 몰랐다.

벽란의 고개가 등효에게로 향했다. 눈을 감았음에도 눈을 뜬 것처럼 행동하는 그 모습은 여전했다.

"등 대협."

"응?"

"검 한 자루만 주세요."

모두의 시선이 등효의 등 뒤로 향했다.

그곳에는 두 자루의 검이 각기 사선으로 매어져 있었다. 시커먼 천으로 돌돌 매인 신검, 그 안에 숱한 부적으로 봉인되어진 신기가 흐르고 있었다.

"이 검으로 결계를 뚫으려 하는 것이오?"

"맞아요."

강비는 가만히 팔짱을 꼈다.

"뚫을 수 있다면 좋기야 하지만, 저쪽에서 알아차리지 않을까?"

"어차피 이 결계가 뚫리면 빠르든 늦든 저쪽에서 알아차리는 건 시간문제에요. 그럴 바에 제 힘을 낭비하느니 신검의 힘을 빌리는 게 좋을 거예요."

반박의 여지가 없는 정론이었다. 그녀가 그렇다면, 필시 그러하리라.

"한데 괜찮겠어?"

"뭐가요?"

"신병이기를 다루는 것. 전에 용아창도 잘 안 만졌잖아."

벽란의 나직이 웃었다.

자신감이 충만한 미소였다.

"이전의 제가 아니랍니다."

등효가 이처럼 크게 성장한 만큼, 벽란 역시 이전과 수준이 다르게 성장했다. 이미 일 년 전과는 비교할 수 없는 경지, 중원 천하에서 그녀와 맞상대할 술사의 숫자는 결코 많지 않을 것이다.

등효는 주섬주섬 한 자루 검을 꺼냈다. 물론 풀지 않은 채로였다.

"천라검(天羅劍)이오."

벽란은 무덤덤한 얼굴로 검을 받았지만, 정작 천라검이라는 말을 듣고 깜짝 놀란 것은 강비였다.

"그게 천라검이오?"

"그렇소."

천라검.

강도와 예기를 떠나, 이름부터가 전설인 신검이다.

검 스스로가 시대의 영웅을 식별한다는 믿지 못할 전설이 서린 검으로, 지금껏 천라검을 쥐고 활동하던 모든 위인들이 역사에 족적을 새겼다.

한 번 휘두르면 사마(邪魔)가 소멸하고 천공에 올라 천운(天運)을 움직인다는, 전설적인 신병이기가 바로 천라검이었다. 실제로 그와 같은 힘을 발휘하는지는 누구도 알 수 없지만, 그 유명세만큼은 무인들에게 있어 절대적이라 할 만큼 강렬한 데가 있었다.

"하면 다른 검은 이름이 어찌 되오?"

"빙백혼(氷白魂)이오."

이 또한 천라검 못지않게 유명한 검이었다.

저 머나먼 곳, 북해빙궁에서 빚어졌다는 빙검(氷劍)으로, 역량이 되는 자가 손에 들면 주변을 팔한지옥(八寒地獄)으로 만들어 버린다는 음기(陰氣)의 총화다.

한기(寒氣)의 발산만으로도 평범한 사람은 심맥이 얼어붙어 죽어버린다는, 거의 마물(魔物) 수준의 검이 빙백혼 아니던가.

용아창, 천라검, 빙백혼.

과연 비사림이 탐을 낼 만한 신병들이었다.

벽란은 천라검을 들었다.

아직 시커먼 천으로 싸여 있지만 그녀는 그 안에서 맥동하는 신기의 강렬함을 느낄 수 있었다. 쥔 손이 타버릴 것 같은 기운, 정말이지 신병이기라는 말이 딱 어울리는 병장기 아닌가.

"잠깐만."

"네?"

"기다려 봐."

강비의 만류에 벽란은 다시 천라검을 아래로 내렸다.

등효의 눈썹이 꿈틀거렸다.

"누군가가 오는군. 무척이나 빨라."

빠른 속도로 접근하는 누군가.

그 정체는 금세 밝혀졌다. 다가오는 속도가 엄청나게 빨라서, 가히 바람을 무색케 했기 때문이다. 그 장거리를 이동하는 신법의 속도만을 생각하자면 강비를 웃돌 정도였다.

휘이잉! 타닥!

바람소리와 함께 나타난 자는 꾀죄죄한 몰골의 초로인이었다.

신발도 신지 않은 맨발. 전신에 때가 끼어서 다가가고 싶지도 않을 외양이다. 하지만 두 눈에서 뿜어지는 신광은 무척이나 강렬하여 그가 비범한 사람임을 절로 알려주고 있었다.

'개방?'

갑자기 출현한 개방의 고수, 그것도 허리춤에 매인 매듭을 보건대 장로의 직위다.

천리신개였다.

그는 천천히 다가와 강비를 향해 포권을 취했다.

"광릉왕을 뵙소. 개방의 천리개라 하오."

출현만큼이나 당황스러운 인사였다.

강비는 눈썹을 조이다가 마주 인사를 했다. 천리신개라면 위진양 휘하에서 활동하는 장로들 중 가장 빠르고 변칙적인 신법을 구사한다는 고수, 함부로 대할 순 없었다.

"강비라고 하오."

"본방의 방주님을 살려주신 은혜, 개방 전체가 잊지 않을 것이오. 광릉왕의 도움에 감사드리오."

인사에 이은 감사다. 푹푹 찌르고 들어오는 화술이 무척이나 시원시원하다.

'과한 예의는 그것 때문이었나.'

강비는 손사래를 쳤다.

"어쩌다 보니 그렇게 되었을 뿐이오."

"어쩌다 보니 그렇게 되었다 한들, 드러난 결과는 결국 방주의 생존이었소. 광릉왕이 아니었다면 크게 낭패를 당했을 터, 십만 거지들의 인사를 받아도 모자람이 없소."

어쩐지 선풍개보다 훨씬 딱딱한 성격인 듯했다. 하지만 그 딱딱함은 협의(俠義)의 다른 이름이다. 고지

식한 성품인 듯하지만 그것이 결코 답답하지 않아 보인다.

'개방에는 사람도 많군.'

선풍개나 천리신개나, 참으로 대단한 위인들이다. 무공을 떠나 사람 자체가 대단해 보였다. 그만한 연배, 이런 성격을 유지하는 것도 보통 힘든 일이 아닐 것이다.

또한 제아무리 방주라 한들 자신보다 나이가 어린 우두머리를 위해 진심으로 감사를 올린다. 개방 내에서 위진양이 얼마나 존경을 받는지 알 수 있는 대목이었다.

"한데, 어쩐 일로 예까지 오셨소이까?"

"못 들었나 보오. 선풍개로부터 서신을 받았소. 암천루 조직원 한 분을 찾는 데에 산동 개방도들이 전부들고 일어섰소. 정보 이외의 도움이 될지 알 수 없지만, 여력이 닿는 한 전력을 다해 광룡왕을 도우라는 전언이외다."

뜻밖의 조력이었다.

개방의 정보력과 인맥이라면 분명 커다란 도움이 될 수 있으리라.

문제는 이 결계라는 것인데.

"이쪽 소저가 술법에 무척 능한 사람인데, 이 일대에 술법의 결계가 쳐져 있다고 하더이다. 아무래도 위험할 것 같은데, 제대로 움직이실 수 있겠소?"

상대방의 자존심을 건드리지 않으면서 조심스레 묻는다. 서문종신의 흔적을 살피러 가는 길, 제아무리 막나가는 강비라도 고개를 숙일 수밖에 없다.

천리신개는 벽란에게 시선을 두었다가 재차 입을 열었다.

"술법이라 하면, 본방에서도 쉽게 들어가기 힘들 것이오. 무력에서의 도움이라면 자신이 있으나 술계의 영역이라면 무의미한 희생을 당할 수도 있겠소."

냉정하게 바라보는 안목. 일행은 감탄했다.

개방 정도의 위치라면 자존심상 저런 말을 하기도 쉽지 않을 터, 천리신개의 인품과 안목이 얼마나 대단한지를 알 수 있는 대목이다.

"하지만……."

천리신개의 눈이 번뜩인다.

"퇴로에서의 전투와 입구의 잔당 정도라면 광룡왕 일행에게 피해를 주지 않는 선에서 우리가 감당할 수 있을 것이오."

"그 정도만 해도 큰 도움이오. 감사드리오."

결계까지 동원된 것으로 보아 서문종신이 이 영역에 있을 확률이 높아졌다.

말인즉, 일행은 소수 정예의 침투조라 봐도 무방하다는 뜻이다. 소수 정예에게 있어 체력의 문제란 거의 절대적인 요소라 봐도 무방할 터, 그것을 해결해 준다는 것만으로도 이쪽에게 엄청난 도움이었다.

"하나 더, 정보를 드릴 것이 있소."

"어떤?"

"며칠 전 본방의 제자 하나가 포착한 것인데 신뢰가 가는 정보라고 하긴 어렵소. 다만 워낙에 똘똘한 아이라 새겨는 들었는데, 녀석이 하는 말이 기괴한 옷을 입은 초로인이 늙는 누군가를 안고 태산의 어느 동굴 속으로 향하는 것을 보았다고 했소. 혹, 암천루가 찾는 조직원의 나이가 어떻게 되오?"

강비의 눈이 번쩍 빛났다. 등효와 벽란의 분위기 역시 확 바뀌었다.

"노인이오. 나이는 일흔 정도."

천리신개의 얼굴이 밝아졌다.

"그렇다면 다행이외다. 사실 본방의 제자가 우연히 목격한 시간과 서신을 받은 시간의 차가 한 시진 정도인지라, 혹시 몰라 그 주변에 제자들을 은신시켜 두었소. 오고 가는 사람들을 파악하려는 의도였는데, 몇 명의 움직임이 포착은 되었지만 노인이 드나든 적은 없다고 하오."

큰 도움이었다. 정말이지 큰 도움이다.

강비가 다시 한 번 허리를 굽혔다.

"개방의 도움, 결코 잊지 않겠소."

"그러지 마시오. 이쪽은 방주의 목숨 빚이 있소. 이 정도는 당연한 것 아니겠소. 하물며 초혼방이라고 추측되는 이들이 주변에 진을 치고 있는바, 전쟁 와중이라면 우리도 당연히 힘을 보태야 하오."

당연한 말임에도 감사함은 변하지 않는다.

벽란이 천라검을 품에 안고 말했다.

"개방의 협사분들이 도와주신다면 이쪽에서도 파고들기가 훨씬 쉬워지겠군요. 게다가 천리신개께서 하시는 말씀을 듣자니, 확실히 서문 노인께서 그쪽에 억류되어 있는 것 같아요."

"그래. 뜻밖의 도움이야."

실상 출발하면서도 어디서부터 제대로 뒤져야 하나 막막했는데, 이렇게까지 확 길이 트일 줄은 상상도 못 했다. 시작이 좋았다.

벽란이 다시 말했다.

"하면 일단 저희는 침투 방법을 좀 의논하겠으니 천리신개께서는……."

"걱정하지 마시오. 일단 주변에 진을 치고 대기하리다."

"감사합니다."

일행은 외따로 떨어진 숲으로 이동했다. 눈이 가득 쌓인 곳, 발이 푹푹 파이는 것이 걷기가 영 힘들다.

셋이 따로 모이자 분위기가 재차 바뀌었다.

등효의 눈이 굳어지고 강비의 얼굴도 심란함으로 물들었다.

벽란이 입을 열었다.

"조종당하고 있어요."

밑도 끝도 없는 말이지만 두 사람은 그녀의 말을 정확하게 알아들었다.

기실 중간에 말을 끊고 이리로 데리고 올 때부터 두 사람은 짐작하고 있었다. 애초에 침투에 한해서는 그때그때 상황을 봐가면서 행하자고 사전에 조율했기에 다시 의논할 필요가 없었다.

강비는 한숨을 쉬었다.

"내가 보았을 때, 전혀 조종당하는 기색이 아니었어. 그럼에도 뭔가를 느꼈다면, 정말 대단하군."

벽란에 대한 감탄이라기보다 상대에 대한 감탄이었다.

강비의 경지라면 진기로 상대의 심혼(心魂)까지 파고들 수 있는바, 비슷한 경지가 아니라면 진실을 말하는지 거짓을 말하는지 충분히 파악이 가능했다.

천리신개는 놀라운 무공의 소유자였지만, 강비는 물론이거니와 등효보다도 몇 수 처지는 무인이었다. 그럼에도 강비는 벽란이 읽은 것을 똑같이 읽을 수 없었다.

무인과 술사의 차이다.

벽란의 얼굴도 무척이나 어지러웠다.

"동조(同調) 술법이에요. 그것도 극상승의 경지이죠. 제가 부적술과 동조 술법에 힘을 썼기에 알아차렸지, 어지간한 술사라면 몰랐을 흔적이에요."

"동조 술법. 전에 말하기로 상대의 혼과 동조하여

시야 바깥의 일을 바라볼 수 있다고 했던가?"

"맞아요."

"천리신개 정도의 고수에게 동조 술법을 거는 게 가능한가?"

"가능해요. 초월적인 술법 경지를 이룩한 자라면."

말인즉 저쪽에 무시무시한 고위 술사가 존재한다는 것.

"초혼방에서 이만큼의 동조 술법을 구사할 수 있는 사람이라면 총 세 명이에요. 한 명은 초혼방주, 마혼주 초혼신이죠. 하지만 초혼신이 직접 술법을 걸었다면 저조차 알아차리지 못했을 거예요. 생사(生死)마저 넘나든 극술(極術)로 법(法)을 넘어 도(道)를 이루었기 때문이죠."

"그럼?"

"부방주, 아니면 일혼주죠. 하지만 부방주가 나섰다고 보기는 어려워요. 부방주는 방주의 안위를 지키는 것을 최우선으로 행동하기 때문이에요."

"그렇다면 십대혼주 중 일혼주란 소린가?"

"그럴 가능성이 커요. 일혼주, 이름은 반혼이라 하죠. 십대혼주를 아우르는 대혼주(大魂主)로서 술법에서도 최고, 최악의 영역이라는 시(時)와 공(空)을 다루는 술사에요. 시공의 술법은 다른 어떠한 술법보다도 고차원의 술법으로, 진리(眞理)를 파괴하는 인외(人外)의 비술(秘術)이에요. 부적술이라면 모르겠지만 동조 술법이라면 지금의 저와 대등 혹은 그 이상이라 할 만하죠."

말만 들어도 무지막지하다.

정확히 어떤 뜻인지 모두 알 수는 없지만, 시공을 다룬다는 것 자체부터가 이미 인간의 영역이 아니었다. 일전 벽란이 천랑군주를 기묘한 진법으로 가두었을 때조차 벽란은 혼신의 힘을 다해 제조한 부적을 두 장이나 써서 겨우 시간을 끌었을 뿐이다.

공간의 왜곡.

거기에 일혼주는 시간까지 왜곡시킨다는 것이다.

"무인으로 치자면 구대문파 장문인급. 그것도 최고라 할 수 있는 소림사 방장이나 무당파 장문인 정도의 경지라고 볼 수 있겠죠. 물론 무인과 술사가 다른 만큼 확실한 비유는 아니에요. 굳이 비교한다면 그렇다는 뜻이죠. 당연히 인간의 육신을 탈피하는 반선지경(半仙之境), 화산무제(華山武帝)에 천무대종(千武大宗) 노선배님들과는 비할 순 없겠지만요."

소림사 방장급의 술사.

말만 들어도 현기증이 난다. 제아무리 강비가 강해졌다 해도 구파의 장문인들과는 차이가 날 수밖에 없다. 승부라는 것이 결코 확신할 수 없는 영역이니만큼 죽자고 덤벼들면 어쩔지 모르지만 그들의 노련한 힘과 드높은 깨달음은 중원 최고를 논한다.

"하지만……."

"음?"

"분명 대단한 동조 술법이지만 어쩐지 틈이 보여요. 아주 작은 빈틈. 바늘 하나의 틈이지만 일혼주 정도의 실력이라면 결코 내보이지 않을 틈이기도 하죠."

"그 말인즉, 그가 제 상태가 아니라는 뜻인가?"

"십중팔구 그럴 거라고 생각해요. 하기야, 서문 노인과 싸웠다면 주변에 방수가 있더라도 멀쩡한 승리를 쟁취하긴 어려웠겠죠."

정확한 판단이었다.

확실히 벽란은 강해졌다. 이전보다 드높아진 경지에, 예리한 안목과 정확한 판단력을 겸비하고 있다.

등효는 턱수염을 쓰다듬다가 툭 말했다.

"어떻게 하시겠소? 천리신개와 벽 소저의 말을 듣자 하니, 이미 그 일혼주라는 작자는 우리가 이곳에 있다는 것은 물론 우리의 상황까지 모두 파악하고 있는 듯싶소만."

"그럴 거예요."

강비는 손가락을 세웠다.

"게다가 아까 천리신개는 이렇게 말했지. 초로인이 서문 노인으로 추정되는 사람을 태산의 한 곳으로 옮기는 걸 우연치 않게 보았다고."

"맞아요."

"일혼주가 천리신개를 조종하고 있다면 그런 사실까지 굳이 말해주지 않아도 되었을 터, 그럼에도 말을 꺼냈다는 건……."

등효의 눈이 번쩍였다.

"둘 중 하나겠지. 우릴 유인해서 죽이려는 수작이든지, 혹은 도주의 시간을 벌고자 함이든지."

"어느 쪽이든 함정임은 변함이 없겠소."

"내 생각에는 유인술이라고 생각하오만, 벽 소저의 생각은 어떻소?"

벽란은 가만히 고심하다가 고개를 끄덕였다.

"제 생각에도 그래요. 아무리 제 상태가 아니라지만 일혼주는 초혼방에서 세 손가락 안에 들어가는 강자예요. 더군다나 전쟁을 하는 와중이니만큼, 이쪽의 전력을 줄이기 위해서라도 우리를 잡으려 들겠죠."

강비 역시 동의하는 바였다.

"들어가기도 전에 이쪽의 상황을 알아챘다. 하지만 이쪽 역시 알아챘다는 걸 일혼주는 알까?"

벽란은 고개를 저었다. 확신 어린 고갯짓이다.

"모를 거예요."

"어떻게 장담하지?"

"아까 말했죠? 천리신개에게 건 동조 술법에 틈이 있었다고."

"그랬지."

"천리신개와 눈을 마주쳤을 때 수혼지술(守魂之術)을 발동시켰어요."

"수혼지술?"

"작게는 기의 파동을 감추고, 크게는 혼의 존재유무도 가려 버리는 술법이죠. 아직 제 성취가 극성에 다르진 않았지만, 설령 일혼주가 온전한 상태라 해도 동조 술법만으로는 제 실력을 파악하지 못할 거예요."

등효의 눈이 번뜩였다.

"그 말인즉, 당신의 실력을 제대로 파악하지 못했으니 자신이 건 동조 술법도 파악하지 못했다고 생각할 가능성이 크다는 것이오?"

"그럴 가능성이 크다는 거지만, 저는 확신하고 있어요. 그는 저의 진짜 실력을 몰라요. 강 공자, 군신의 정체는 유추할 수 있겠지만 제아무리 강 공자라 해도 술법에는 문외한인만큼 분명 전술, 함정을 좁게 잡았을 거예요. 우리는 그 틈을 파고들어야 해요."

강비는 나직이 감탄했다.

오랜만에 다시 본 벽란은 성장한 경지만큼, 그 경지에 어울리는 안목과 자신감을 갖추게 되었다. 그녀의 말대로 술법에는 문외한이지만, 지금의 벽란을 보고 있자면 어떠한 술사들이 와도 막아낼 수 있을 법한 잠재력이 보였다.

그렇게 세 사람은 머리를 맞대고 고민을 거듭했다.

고민이라 해도, 세 사람의 뛰어남은 중원 천하에서 독보적인지라 쓸데없는 말로 시간을 끌지는 않았다. 강비는 정통 전장의 전술을 아낌없이 드러냈고, 등효는 무림인 특유의 상황 판단으로 허를 찌르는 데에 능했으며, 벽란은 신비로운 술법의 세계를 개방하여 상황을 조율해 냈다.

어느 한 방면에서 천재 소리를 듣기에 부족함이 없는 세 사람이 의견을 조율하니 몇 가지 작전들이 착착 잡혔다.

하지만 강비와 벽란이 고개를 끄덕이며 전술의 성을 쌓아가는 와중, 등효의 얼굴은 좋지 못했다.

"표정이 별로 좋지 않소. 문제라도 있소?"

등효는 잠시 뜸을 들이다가 툭 내뱉었다.

"우리의 작전은 필시 피를 볼 거요. 그렇지 않소?"

"아마… 그럴 거요. 적진이니까."

"만약 일혼주라는 작자가 천리신개를 시켜 개방도들을 우리에게 붙여놓으면 어떻게 해야 하겠소? 아무리 홀렸다 한들 개방도들을 해치는 건……."

아차 하는 두 사람이다.

확실히 등효는 목적 자체에만 충실한 두 사람과는 달리 세심한 구석이 있었다.

벽란의 눈썹이 살짝 좁혀졌다.

"강 공자. 주변에 개방도들이 있는지 파악해 줄 수 있나요? 술법 경계의 왜곡이 심해서 작은 기운이라면 오히려 제가 파악하기 힘들어요."

"잠시 기다려 봐."

강비는 가만히 눈을 감고 기감을 확장시켰다.

우우웅.

그의 몸에서 은은한 불길이 일었다.

진짜 불길이 아닌, 불꽃처럼 보이는 적색의 광채였다. 일 년 전과는 확연하게 다른 빛깔, 순수한 기의 정화다. 그토록 격렬하던 패왕기가 지금에 와서는 순백의 도도함을 품으니 강과 유가 조화로이 섞여 특유의 비범함을 한껏 드높이고 있었다.

감았던 강비의 눈이 천천히 뜨인 것은 그로부터 반각이 채 지나지 않은 시간이었다.

"오십 단위까지는 파악했다. 그 너머에 더 있을 거라 예측되지만 거기까지가 한계야."

등효는 새삼 강비의 능력에 감탄했다. 대산무문 특유의 감각으로도 천리신개의 기운 외에는 파악이 제대로 되지 않고 있던 것이다.

"대단하오."

강비는 멋쩍게 웃었다.

벽란의 눈두덩이 위로 신비로운 기운이 서리다 사라

졌다.

심안으로 보이는 강비의 성격이다. 이전보다 훨씬 넉넉하고 유해진 심성, 그가 발산하는 진기와도 닮았다.

벽란은 그런 강비의 변화가 낯설면서도 어쩐지 정겹다는 생각을 했다.

"최소 오십이라 잡아도 무시하기 쉽지 않은 숫자요. 개방의 신법은 중원에서도 독보적, 제아무리 무위가 약해도 보신경의 성취는 일류라 할 만하오. 작정하고 붙들려고 하면 어려워질 거요."

"허를 찌르는 것. 이제나 저제나 생각해도 그것밖에 없겠소."

"당신 생각은 어떻소?"

"글쎄, 내 암천루로 향하며 용두방주인 위진양과 만남을 가졌소. 충분히 사귀어둘 만한 사람이었지만, 나는 내 앞길을 막는 이들을 굳이 배려하고 싶은 생각은 없소. 이쪽에서도 구해야 마땅한 목숨이 걸려 있는 까닭이오."

냉정하지만 사태를 정확하게 직시하는 눈이었다.

등효도 고개를 끄덕이며 동의했다.

"하지만 피할 수 있다면 피하는 게 좋겠지."

"물론 그렇소. 고견이 있다면 듣겠소."

"고견이라고 할 것까지야 없고, 저쪽에서 어떻게 나올지부터 생각하는 게 좋겠소. 이번 침투의 목적이 서문 노인의 안전한 구출이라면, 핵심은 시간이라고 볼 수 있소."

등효의 말에 강비와 벽란의 고개가 동시에 끄덕인다.

"저쪽에서 알아차리는 시간."

"정확하오. 아무리 늦춘다 해도 어쨌든 저쪽에서는 이쪽 상황을 알아챌 것이오. 빠르냐, 늦느냐의 차이일 뿐. 그렇다면 그 시간을 최대한 늦출 것인지, 아예 대놓고 드러내어 또 하나의 기만을 섞어낼지가 작전의 주요 골자라고 볼 수 있겠소. 물론 후자의 작전은 어렵기도 어렵거니와 무척 복잡하고, 상황 하나하나가 맞춰져야 되니만큼 버리는 게 좋겠소. 이런 침투의 경우 기만술은 줄이는 게 좋을 거라 생각하오. 크게 하나, 혹은 둘까지. 그 이상은 어렵소. 그 이후에는 빠르고 직접적인 전술을 구사하는 게 우리에게 이로울 것이오. 더군다나 서문 노인의 안전까지 생각하자면 더욱 그렇소. 복잡한 연계 전술보다, 손짓 하나로도 상황을 주도 할 만한 전술로 시간 자체를 돌파해야 하오."

강비는 등효의 말에 나직이 감탄했다. 그것은 벽란이라고 다르지 않았다.

칠 척에 가까운 커다란 체구에 천왕과도 같은 상을 지닌 등효였지만, 그의 머리와 감각은 덩치에 맞지 않게 무척이나 세심한 구석이 있었다. 전체적인 상황을 파악하는 눈은 강비가 조금 더 넓겠지만, 어떤 것도 놓치지 않고 전술을 끌고 가는 능력만큼은 등효가 압도적이라 할 만했다.

군사의 재능이다.

지닌 무력과 성품과는 도무지 어울리지 않지만, 그와 같은 재능이 등효라는 남자의 가치를 끝없이 상승시키고 있는 것이다.

"그럼 생각해야 할 것은 일단 두 가지로군요. 첫째, 개방에서 어떻게 나오는가. 둘째, 저들의 함정이 어느 정도의 규모와 위험성을 내포하고 있는가."

"하나 더 따져 봐야 할 것이 있어."

이번에는 벽란과 등효의 시선이 강비에게로 향했다.

강비의 눈이 스산한 적광을 뿜어냈다.

"서문 영감의 생사."

"…서문 노인께서 돌아가셨다고 생각하시는 건가요?"

"근본적인 물음이다. 물론 난 죽지 않았을 거라 생각해. 손톱만큼의 가능성만 있어도 당연히 침투해서 확인해야겠지. 하지만 진짜 문제는 저놈들이 서문 영감을 살려두었을 경우야."

"그게 무슨?"

"저놈들은 왜 서문 영감을 살려두었을까? 서문 영감의 무공은 천하 정점을 달린다. 모르긴 몰라도 삼대마종의 우두머리들과 비교해도 떨어지지 않을 거라고 보는데, 그런 위험한 인물을 왜 살려두고 있는 거지? 게다가 그동안 저치들을 어지간히 괴롭혔을 텐데, 저놈들 입장에서는 당장 때려죽여도 시원찮을 대적(大敵)이 아닌가?"

합당한 의문이었다.

지금 꺼내기 적절한 의문은 아니었음에도, 결코 무시할 수 없는 의문이었다. 그것을 알고 있는가, 짐작하고 있는가, 모르고 있는가에 따라서 그때그때의 상황도 달라지기 때문이다.

순간, 벽란의 눈두덩이에서 시퍼런 빛이 흘러나왔다.

강비와 등효는 깜작 놀라 그녀를 바라보았다. 눈을 감고 있었음에도, 마치 푸른 안광이 새어 나오기라도 한 듯 위압적인 모습이었다.

벽란의 입에서 경악 어린 신음이 흘러나왔다.

"강시……."

"강시? 강시라고 했나?"

"아마 그럴 거라고 생각해요. 이런! 아무리 급했다 해도 그걸 생각하지 못했다니!"

자학에 가까운 혼잣말이었다.

강비의 안색이 한없이 굳어졌다. 강시라는 말을 꺼낸 순간부터 가슴 깊은 곳에서 울컥 분노가 치미는 것이 느껴졌기 때문이다.

'강시라니…….'

그것이 거짓이라도, 가능성이 있다는 사실 하나만으로도 분노를 참을 길이 없었다. 차라리 무인다운 최후를 맞이하고 말지 강시를 만들다니, 그것도 서문종신을.

벽란이 말을 이었다.

"서문 노인께서는 분명 살아 계실 거예요. 의심이 확신으로 변하네요. 하지만 상황이 좋지 않아요. 분명 일혼주는 서문 노인을 강시로 만들 생각인 거예요."

등효의 안색도 강비 못지않게 굳어진 지 오래였다.

"그리 생각한 이유는?"

"강 공자의 말처럼, 저들에게 있어 서문 노인은 즉 참해도 모자람이 없는 고수예요. 마호군주의 팔까지 끊은 데다가 온갖 세작들을 색출해 낸 분이시니까요. 하물며 그 무력, 살려둘 이유가 단 하나도 없죠. 그럼에도 천리신개를 시켜 그쪽 상황을 알려주었다…….
그것은…….."

두 사람에게 말을 하던 벽란. 점점 혼잣말로 변해간다.

"일혼주 반혼. 자부심 넘치는 술사이니만큼 격에 맞는 상대를 존중하는… 하지만 자부심만큼이나 자파의 이익을… 전쟁……. 그래도 강시까지? 그렇다면 이쪽 전력을 줄이고자 그저 유인책으로 시체를 수습한 것은……. 이미 죽이지 않았을까? 아니야. 그런 얄팍한 책략을 쓸 상대가 아니지. 피해에 대한 보상만큼은 확실하게… 일거양득의 기회를……."

번쩍!

다시 한 번 벽란의 눈두덩에서 번갯불이 터져 나왔다.

"확실해요. 서문 노인은 살아 있어요. 하지만 급해요. 시간이 없어요."

"차근차근 말해줘."

"일혼주 반혼은 철두철미하게 자파의 이익을 생각하는 사람이에요. 자신에게 죽을죄를 진 사람이 있어도 얻어낼 수 있는 이익을 모두 뽑아낸 후에 없애는 사람이죠. 자부심과 냉정함의 공존, 그것이 일혼주예요."

"그 말은?"

"서문 노인을 강시로 만들 생각이 확실해요. 혈금철박을 사용할 것이 분명해요. 어쩐지 쉽게 틈을 보인다했더니, 서문 노인과의 전투 때문만이 아니었어요. 그래요, 그 냉정한 일혼주가 아무리 급하다 해도 그런 틈을 보일 리가 없어. 혈금철박이란 정순한 내력을 마기로 변환시키는 데에 능한 주술의 철제 수갑이죠. 그러나 혈금철박은 끊임없이 술사의 기력을 먹고 힘을 키우는 마물이에요. 필시 지금도 일혼주는 서문 노인을 채운 혈금철박에 마력을 불어 넣고 있을 거예요. 그리고 모든 기가 마기로 변환이 되면 서문 노인은 돌이킬 수 없는 상태가 되겠죠. 이지(理智)를 상실한 상태에

서 열흘간의 대법까지 펼치면 진짜 강시가 되어버려
요."

확신에 대한 내용으론 부족하다. 하지만 강비와 등
효는 더 이상 들을 필요가 없다고 생각했다. 벽란이 그
리 확신했다면, 분명 그만한 이유가 있을 것이다.

강비는 급하게 물었다.

"시간은? 아니, 됐어. 장소는 유추할 수 있겠나?"

"장소… 장소는……."

벽란은 계속 중얼거렸다. 강비와 등효로서도 무슨
말인지 알기 어려운 속도였다.

이후 고개를 번쩍 드는 그녀.

"인세(人世)에 가장 커다란 영향을 끼친, 숱한 제국
의 기(氣)가 가장 많이 쌓여 신성해진 곳. 치세(治世)를
허락받아 만민(萬民)의 염원이 향하여 보이지 않는 영
기(靈氣)와 신기(神氣)가 가득하니, 반대로 혈금철박의
마기 변환 시간도 단축되겠죠. 한창 전쟁을 하는 와중
이니만큼 일혼주도 시간 싸움을 하는 중. 결계의 흐름
이 이곳에서 동남 방향과 끊임없이 유통되는 이유가 그
것이에요."

나라를 건국한 황제들이 올라 봉선(封禪)의 의식을

거행한 곳. 태산의 산신령이자 신(神)인 태산부군을 모신 사당.

"태산 동악묘(東岳廟). 동악묘 인근이에요."

＊　　　＊　　　＊

"으음."

서문종신의 이마에서 식은땀이 뚝뚝 흘러내렸다.

'참으로 지독하군.'

떨리는 눈이 그의 손목을 향했다.

검붉은 광채를 띄는 괴이한 기물. 괴이한 수갑.

그곳에서 흘러나오는 음험한 금기가, 내공을 제압당한 와중에도 확연히 느껴진다. 끊임없이 침투하는 기운, 서문종신의 안색이 일그러지는 이유였다.

'언제부터였던가.'

오 일? 아니다. 족히 칠 일은 되었으리라. 어쩌면 열흘에 달했는지도 모른다.

날카로운 통증으로 삼단전에 파고드는 금기였다. 워낙에 정순한 진기인지라 처음의 반발력은 거세기 짝이 없었지만, 뚫리고 난 이후부터는 급속도로 내공을 흔들어 대고 있었다.

아직 내공의 기운은 정심하고 깊었지만, 기묘한 공포를 자아내는 금기였다. 바뀐다면 한순간일 터, 정신을 놓는 순간 영원히 제정신을 차리기 힘들 거란 생각이 들었다.

'천하의 서문종신이 이런 꼴이라니, 참으로 우습군.'

이제는 집중력도 한계에 달했다. 아무리 단련이 된 육체라 한들 며칠 동안이나 잠 한숨 자지 않고 진기를 통제하는 데에 힘쓴 탓이다. 내공조차 제 뜻대로 움직이기 힘든 이때에, 그의 육신은 그저 건강한 노인과 다를 바가 없다.

당장이라도 포기하고 싶었다.

하지만 그는 억지로 포기하고자 하는 마음을 몰아냈다. 육신이 아무리 피폐해도, 상황이 아무리 제 뜻대로 가지 않아도 그는 서문종신이다. 이 정도로 포기할 순 없는 것이다.

서문종신, 무신(武神)의 자존심으로 버티기 시작한다.

"끄응."

그의 목과 이마에 혈관이 불끈 튀어나왔다.

땀은 비 오듯 쏟아지고, 온몸은 덜덜 떨리기 시작한다.

그 기세 덕분일까. 바늘처럼 쿡쿡 찌르던 금기가 조금 잠잠해진 느낌이었다.

그때였다.

"참으로 질기구려."

느닷없이 훅 들리는 목소리.

어느새 창살 바깥에 불꽃이 타오르고, 그곳에 한 명의 인영이 등장한다.

일혼주 반혼이었다. 이전에 봤던 그대로 무표정한 얼굴이 가면이라도 쓴 것마냥 기괴했다.

땀에 젖은 얼굴로도 서문종신은 히죽 웃었다.

"내가 원래 좀 질기지."

힘이 다 빠진 목소리였지만 기백만큼은 죽지 않았다.

반혼은 나직이 감탄했다.

노장의 투혼이었다. 인간이 생존을 위해 싸우는 느낌이 아니라 무인의 자존심을 걸고 싸우는 모습, 그것은 제아무리 적이라 한들 감탄하진 않고 못 배길 투지인 것이다.

"정녕 대단하시오. 당신 정도의 고수라면 오히려 더 빨라야 정상인데."

"……."

"좋은 소식을 전해주러 왔소."

"네놈이 죽을병이라도 걸렸나?"

반혼의 표정은 여전히 변함이 없었다.

"당신 생각이 맞았소. 어떻게 알았는지 모르겠지만 당신을 구출하기 위해 사람을 보냈더군."

서문종신의 지친 눈동자에 은은한 안광이 일었다. 내공이 없어도 뿜어지는 안광 속에 강인한 기운이 서린다.

"거 희소식이군."

"본방의 배신자와 함께 왔더군."

초혼방의 배신자라면 벽란일 것이다. 나름의 옳은 조치라고 할 수 있겠다.

"한 명은 덩치가 산만 한 거한이고, 다른 한 명은 장창에 무장을 제대로 한 사내였소. 겉으로 보아, 본방과 비사림을 제대로 괴롭힌 광룡왕인 듯싶소만."

서문종신의 입가에 가느다란 미소가 어렸다.

'이놈, 왔구나.'

그의 미소를 보았음에도 반혼은 여전했다. 무표정한 얼굴 바깥으로, 냉정한 말이 흐른다.

"광룡왕의 무위, 소문대로라면 참으로 무서운 것이 겠지. 비사림 칠군주에 비한들 내 보기에도 부족함이 없어 보이더이다. 더군다나 대산무문의 후계와 배신자이지만 천재 소리를 듣는 과거 십혼주. 꽤나 막강한 구출대로군."

"쉽게 보진 말아라. 꽤 사나운 애들이거든."

"당연히 쉽게 보지 않소. 광룡왕의 무력은 이미 그 스스로가 증명하였고, 등효라는 작자 역시 만만치가 않아 보였소."

처음으로 반혼의 입가에 미소가 서렸다.

서문종신의 득의양양한 미소와는 달리 무척이나 싸늘한 미소였다.

"하지만 그들은 모르고 있소. 내가 직접 함정을 파고 기다리고 있다는 것을. 혹시나 몰라 배치해 둔 전력 덕을 보는구려. 배신자, 벽란 그 아이 정도의 실력으로는 파악하기 힘든 철옹성이니만큼 당신 때문에 애꿎은 셋의 목숨만 날아가겠지."

반혼의 말에는 한 치의 흔들림도 없었다. 본래의 성

정이 어떻든, 강한 자신감이 엿보이는 말투다.

허튼소리를 할 자가 아니라는 것을 서문종신도 잘 알고 있었다. 그리고 왜 지금 자신 앞에서 이런 말을 하고 있는지도 잘 알고 있었다.

정신을 흔들려는 의도다.

서문종신의 입가에 냉정한 미소가 어렸다. 반혼의 미소와 무척이나 닮은 미소였다.

"이전에 했던 내기의 때가 온 것이로군."

"그런 셈이오."

"잘 버텨봐. 이따가 제대로 물릴 테니 약이라도 준비해 두지그러나?"

"내가 할 말이오."

"걱정하지 마라. 정 안 될 것 같으면 자살이라도 할 거니까."

"억지로 살려두어 누백 년 동안 강시로 써주리다."

"그래보시든지."

날이 잔뜩 선 대화.

두 사람의 눈동자가 서로를 향해 형형하게 빛나고 있었다.

*   *   *

　팔짱을 끼고 있던 천리신개가 뒤를 돌아보았다.

　팔 척에 가까운 사모창을 방만하게 든 채로 천천히 걸어오는 남자. 강비였다.

　"두 분은?"

　"잠시 쉬어서 체력을 보충한다고 하였소."

　"그렇소? 하면 언제를 침투 시간으로 잡을 생각이오?"

　"글쎄. 저 둘이 충분히 체력을 채우면 시작할 거요. 아마 한 시진 내로 들어설 것 같소."

　천리신개는 고개를 끄덕였다.

　"하면 내 밑에 아이들에게 준비를 시켜두겠소이다."

　"고맙소. 다시 한 번 감사드리오."

　"별말씀을 다하시오. 사해가 동도라지만, 또한 한 배를 탄 처지가 아니겠소? 게다가 아까 말했듯, 광룡왕 덕에 본방의 방주가 목숨을 건졌소."

　"알겠소. 더 이상 왈가왈부하지 않으리다."

　가볍게 웃는 두 남자. 어딘지 모르게 닮아 보이는 미소다.

그렇게 천리신개가 몸을 돌려 땅을 박차려던 순간이었다.

퍼억!

박차기도 전에 힘없이 쓰러지는 천리신개.

신법을 펼치기 직전, 강비의 창봉이 대번에 그의 뒤통수를 후려쳐 버린 것이다. 제아무리 천리신개가 날고 기는 고수라 해도 기절하지 않고는 배길 수 없었다.

쓰러진 천리신개의 뒤통수에서 미량의 피가 흘러나왔다. 죽을 만큼의 타격은 아니라 하지만, 제법 과격하게 때린 모양이다.

강비는 쓰러진 천리신개를 보며 벽란이 한 말을 떠올렸다.

"마혈, 혼혈은 절대로 짚어서는 안 돼요."

"왜?"

"혈을 짚어 내기의 흐름을 막는다는 건 자연스럽지 않은 현상이에요. 당연히 동조 술법을 건 반혼이 알아차리죠. 하지만 기의 흐름을 건드리지 않는 선에서 기절을 시킬 수 있다면 동조 술법과는 무관하게 자연스럽게 시선을 돌릴 수 있어요."

"어차피 동조 술법이 타인의 시선으로 이쪽을 볼 수 있는 것이니만큼, 저쪽에서 당연히 알아차리지 않을까? 그럴 바에는 안전하게 혈을 짚는 게 좋을 텐데."

"전혀 달라요. 혈을 짚으면 기가 끊어지죠. 상단으로 올라가는 흐름이 막히는 순간 연락이 끊기는 셈이에요. 하지만 자연스러운 기절은 달라요. 기절해도 기는 언제나 흐르니까요. 천리신개에게 신경을 쓰지 않은 상황이라면 천리신개가 쓰러진 줄도 모를 것이고, 혹여 동조 술법으로 혼을 동조시킨 상황이라면 천리신개가 받은 충격을 시전술사도 똑같이 받아요."

"천리신개의 의식을 빼앗으면 저쪽 의식도 빼앗을 수 있다는 건가?"

"동조 술법의 경지가 낮으면 그럴 수 있죠. 반혼 정도라면 이야기가 달라요. 하지만 충격은 줄 수 있죠. 강제로 상단의 영력을 끊어두니 상단전에 큰 충격을 줄 수 있어요. 동조 술법이 위험한 이유가 그거죠. 혼연일체가 된 인형이 받은 충격까지 시전자가 받을 수 있다는 것. 그래서 시공의 술법을 필두로, 술법계에서 가장 위험하다고 평가받는 것이 동조 술법이에요. 극한으로 체득해도 사람에게는 흔히 쓰지 않죠. 의식이 강하고 두뇌(頭腦)의 영력이 강한 사람의 경우, 피해를 입을 시 동물보다 훨씬 위험해지거든요."

억지로 혈을 짚지 않고 뒤통수를 때려 기절시킨 이유였다.

강비의 입이 열렸다.

"지금이야."

파삭.

싸늘하게 몰아치는 한풍이 나뭇가지를 건드렸다. 바람소리를 제하면 무척이나 조용하다. 하지만 강비는 알 수 있었다. 저 멀리, 대기하고 있던 등효와 벽란이 질주를 시작했음을.

'이제부터 시간 싸움이라 이거지.'

혹여 천리신개와 동조하는 중이었다면 반혼은 큰 충격을 받아 쓰러졌을 터, 벽란의 말을 빌자면 아무리 빨라도 일각 동안은 수습하기 바쁠 것이다.

혹여 동조를 하지 않은 경우라면 시간이 넉넉할 수도, 더 촉박할 수도 있다. 일단은 더 촉박하다고 보면서 움직여야 한다.

강비는 품에서 부적 하나를 꺼낸 후 박박 찢었다.

완전히 찢긴 부적들이 바람에 따라 사방을 휘돌더니, 이내 줄을 짓는 것처럼 흐르다가 이내 강비의 몸 주변을 돌았다.

마치 호위라도 하는 모습. 신비로운 광경이었다.

강비의 입가에 미소가 어렸다.

'항상 도움을 받는군.'

초혼신을 죽일 파천의 군신이니 뭐니, 그런 예언을 믿지는 않는다. 다만 벽란 덕택에 많은 사선을 넘었다. 많은 도움을 받았다.

동료가 되어서 얼마나 다행인지 모른다.

'자, 시작해 보자.'

강비의 몸에서 강렬한 기세가 서렸다.

어느 누구라도 거품을 물고 쓰러질 만큼 무시무시한 기세였다.

힘의 개방이다. 호천패왕신공을 극성으로 끌어 올린 강비의 두 눈에서 화염과 같은 적색의 안광이 맺혔다.

콰아앙!

바닥을 박차고 나아가는 한 마리 광룡.

아련하게 몸 주변을 돌아가는 부적 덕택에 어떠한 소리도, 어떠한 기세도 퍼지지 않는다. 살아 있는 유령과도 같은 셈이다.

그렇게 강비는 적진 한가운데, 술법의 경계를 뚫기 시작했다.

초혼방의 술사들이 포진한 죽음의 대지를 향해.

참마비사대전, 용호대전에 이어 한 해에 세 번의 전설을 만들어낸 광룡왕 강비 일행의 조용한 전쟁, 태산 광룡전(泰山狂龍戰)이 개막하고 있었다.

*　　　　　*　　　　　*

소리 없이 움직이는 벽란과 등효의 움직임은 유령과 같았다.

보이지도 않는다.

움직이는데 소리가 나지 않음은 물론, 육안으로 파악할 수가 없다. 두 사람을 이어주는 한 장의 부적은 암운신행(暗雲身行)이라는 부(符)로, 산동으로 출발하기 전 벽란이 만들어둔 수많은 부적들 중 하나였다.

등효는 빠르게 움직이며 주변을 둘러보았다.

"아직 눈에 띄지는 않소."

"그러네요."

벽란은 심안을 확장했다.

술법의 경지가 높아지면서 심안으로 파악하는 영역 역시 대단히 넓어진 그녀였다. 수십 장 밖의 은밀한 기운까지도 속속들이 읽을 수 있는 능력이 그녀에게 있었다.

그리고 그것은, 등효 역시 마찬가지일 터.

무인과 술사는 비교 자체가 되지 않는 분야라지만, 각 영역에서 이룩한 경지로 보았을 때 둘은 막상막하라 할 만했다. 서로의 단점을 완벽하게 보완해 줄 수 있다는 뜻이다.

등효는 힐끔 벽란을 바라보다가 말했다.

"강비, 그 사람은 괜찮겠소?"

"괜찮을 거예요. 워낙에 강하니까."

벽란의 말에는 강비에 대한 무조건적인 신뢰가 담겨 있었다.

걱정은 하되, 그가 죽지 않을 거라는 것을 안다. 믿음을 넘어서 신앙에 가까워 보일 정도다. 등효는 그것이 이해가 되지 않았다.

'속이 편한 건가?'

아무리 속이 편해도 그런 마음을 품지는 않을 것 같

앉다.

등효는 벽란의 마음을 잘 알고 있었다.

본인은 어떻게든 숨겼다고 보는 모양이지만 그녀는 의외로 거짓말을 잘하지 못했다. 어쩌면 그 또한 가까운 사람에게만 보여주는 일면일 것이다.

벽란은 강비를 좋아하고 있다.

사람 대 사람으로서가 아닌, 이성으로 좋아하고 있는 것이다.

그래서 등효는 이해하기 어려웠다. 이성으로 좋아하는 사람이 위험한 일을 맡았다면 당연히 걱정해야 정상이지 않은가.

벽란은 그러지 않았다.

정확하게는 강비를 걱정하고 있으되, 이 작전이 실패할지언정 그가 살아 돌아오리라는 것에 대해서는 의심조차 하지 않고 있는 것이다.

'그녀에게는 내가 보지 못하는 무언가가 있는 것인가.'

하기야 근래에 보여준 강비의 면면을 보면, 확실히 목숨 걱정 같은 건 안 해도 좋겠다 싶을 정도였다. 이미 초월자로서의 길을 걷기 시작한 남자다. 오히려 걱정을 하는 게 모욕이 아닌가 싶을 정도다.

등효는 고개를 저으며 상념을 지웠다.

지금은 작전에 온전히 집중해야 할 때다. 쓸데없는 생각은 자제한다.

파악. 파악.

산 외길로 달려가며 술법의 영역을 빙 돌아가는 두 사람이다. 덕분에 한참을 돌아가야 했지만, 이게 옳은 길이었다. 아무리 시간에 쫓긴다 해도 무턱대고 질주하면 이도 저도 아니게 되는 것이다.

모든 시선은 강비가 붙들어줄 터.

'확신할 수는 없지만.'

적에 대해 아는 것이 적으니, 어떤 작전을 세워도 불안할 수밖에 없다.

그렇게 얼마나 달렸을까.

등효와 벽란, 두 사람은 거의 동시에 발걸음을 멈추었다.

동악묘에 이르는 길. 아직 거리는 제법 되었지만 전력으로 질주한다면 일각 안에 도달할 수 있을 것이다.

하지만 멈출 수밖에 없었다.

등효는 가볍게 숨을 몰아쉬었다.

"준비성인지 뭔지 모르겠지만, 확실히 만만한 작자는 아니로군."

반혼을 두고 하는 말이다. 벽란은 고개를 끄덕이며 동조했다.

두 사람이 바라보는, 제법 커다란 바위의 뒤편.

한 명의 남자가 걸어 나오고 있었다.

굉장한 체구의 남자였다.

칠 척에 가까운 등효와 대등한 덩치다. 거기에 나이를 분간하기 어려운 얼굴. 젊어 보이는 인상은 아니지만 그렇다고 아주 늙어 보이는 인상도 아니었다.

전신에는 은은한 적갈색의 갑주를 입었는데, 묵직한 중갑이 아니라 움직이기 편한 경갑이었다. 한눈에 봐도 극상의 철을 절묘하게 다룬 장인이 만든 갑옷이었다.

손에는 전장에 쓰는 군용 철도(鐵刀)가 들려 있다. 한데 그것이 두 자루나 된다. 한 손에 하나씩, 박도(朴刀)에 가까운 흑색의 철도를 쌍도(雙刀)로 든 것이다.

보기만 해도 숨이 막힐 듯한 외양에 갖춘 병장기도 묘하게 위압적인 철도 두 자루다. 천하에 이처럼 압도적인 외양을 가진 자도 달리 없을 것 같았다.

"대단한 남자로군."

등효는 나직이 감탄했다.

외양도 외양이지만 몸에서 흐르는 기의 파동이 무시무시하다. 숨길 때는 은은했지만 뿜어내기 시작하자 산봉우리 전체를 날려 버릴 듯한 패도적인 기운을 풍긴다.

등효는 천라검을 벽란의 손에 쥐어주었다. 시선은 여전히 쌍도를 든 남자에게 향해 있었다.

"가시오. 최후의 방벽 같은데, 내가 막겠소. 처리하고 따라붙으리다."

"쉽지 않을 텐데, 괜찮겠어요?"

등효는 씨익 웃었다. 시원시원한 웃음이었다.

그것으로 대답은 충분한바, 벽란은 입술을 꼬옥 닫으며 고개를 끄덕였다.

"이기세요."

"어서 가시오."

파밧!

박차고 나아가는 신형. 이전보다 훨씬 신비롭고, 훨씬 우아한 신법이다. 한 마리 학이 날아가는 듯했다.

진기를 주먹에 싣고 준비하던 등효는 고개를 갸웃거

렸다.

분명히 벽란의 움직임을 막을 거라 생각했는데, 저 쌍도를 든 남자는 여전히 등효만을 바라볼 뿐 벽란을 막지 않았던 것이다. 오히려 흥미진진한 듯 이쪽을 바라보는데, 숨길 수 없는 투지가 새어 나오고 있었다.

'이 기세는?'

기세는 생소하지만 저 투지만큼은 왠지 모르게 익숙했다. 어디선가 꼭 한 번 본 것만 같은 분위기.

남자가 입을 열었다.

"마침 잘되었군. 계집의 육신에서 흐르는 기운, 술법사인 모양인데 나는 술법이란 것과 영 맞지가 않아."

우렁우렁 흔들리는 목소리다.

등효와는 비슷하면서도 전혀 다른 기운을 품는 저음이었다. 묵직하면서도 타오르는 불길과 같다. 순식간에 전투 의지를 발산하는 남자였다.

등효의 눈에 별빛 같은 빛무리가 새겨졌다.

"무신성?"

"오호. 용케도 알아보는군."

별반 놀라지도 않은 것 같았다. 그저 이 상황이 즐거울 뿐, 다른 것들은 생각하고 싶지 않아 한다.

"기다리기 지루했는데 이런 선물이 다가올 줄은 몰랐다. 기쁘군."

"제법 위치가 되는 모양이군."

남자는 가볍게 웃었다.

사나운 늑대의 웃음이었다.

"나는 무신성의 혈랑단주(血狼團主)다."

혈랑단주.

무신성 최고의 무력 단체인 흑호령에 비해서는 손색이 있지만, 사나움과 잔인함으로는 무신성 최고를 논한다는 단체가 혈랑단이었다. 무신성에서도 가장 저돌적이며 어떠한 전투에서도 미친 듯이 날뛰는, 아군과 적군을 가리지 않고 광적인 두려움을 풍겨 대는 전투 집단.

그 집단의 수장이 바로 혈랑단주다.

등효는 혈랑단주의 양손에 들린 도를 보며 코웃음을 쳤다.

"늑대들의 주인이라기에는 들고 있는 짐덩이가 너무 크군."

"짐덩이인지 이빨인지는 곧 알게 될 걸세."

"초혼방 혼주의 발바닥이나 핥고 있는 주제에 이빨

은 무슨.”

도발적인 어조였다.

혈랑단주의 몸에서 순식간에 살기가 가득 차올랐다.

참 알기 쉬운 성격이다. 하지만 그 쉬운 성격이 무척 거칠어서 문제다. 대번에 등효를 난도질할 듯한 분위기였다.

“예의가 별로 없군.”

“적에게 신경 써야 할 예의는 없지.”

“적이라. 자네와 나는 참 좋은 친구가 될 것 같았는데 말이야.”

“언제 본 적이 있다고.”

혈랑단주의 입가가 미소를 그려냈다.

송곳니가 보일 정도로 큰 미소다. 그것이 흐르는 살기를 이어받아 살벌함을 배가시킨다.

“하긴. 어차피 한바탕할 사이, 굳이 말로 주절주절 떠드는 것도 우스운 일이지.”

사라락.

등효의 몸에서 묵직한 기운이 풍겼다.

혈랑단주가 풍기는 난폭한 기운과 전혀 다른 성질의 기운. 무겁고 진중한 기세다. 마치 이곳, 태산 그 자체라도 된 듯 산악과도 같은 기세가 해일처럼 일어나 혈랑단주를 덮쳐 가고 있었다.

혈랑단주의 낯빛이 대번에 바뀌었다.

놀기 좋은 상대로 생각했는데, 막상 본신의 힘을 개방하니 이건 또 무지막지하기 짝이 없다. 무신성의 수뇌부라 해도 믿을 만큼 압도적인 기세였다.

대산무문 최고의 내공심법이자 이전 무신성주들조차도 감탄을 금치 못하던 최절정의 무공, 천주산왕공(天柱山王功)의 발현이었다.

그렇지 않아도 커다란 덩치의 등효가 기세까지 개방하자 덩치가 몇 배는 더 커진 것만 같았다. 단번에 혈랑단주를 찍어 죽일 듯 숨 막히는 기세를 발산한다.

"무신성의 늑대왕이라면, 나 역시 반갑지."

등효의 왼손이 천천히 올라가고 틀어진 몸, 뒤로는 오른 주먹이 꾹 쥐여졌다.

일권에 박살 낼 기세.

혈랑단주는 감히 경시하지 못하고 쌍도를 들었다.

"정말 제대로 잡았군. 이거 기쁜데. 좋은 싸움이 되겠어."

"아직 무신성주와 비하기는 어렵겠지만, 어느 정도

가까워졌는지 널 통해서 확인해야겠다."

투지 넘치는 말투였다. 혈랑단주의 눈동자가 진득한 살기로 가득 찼다.

"미친놈!"

무신성의 무사 앞에서 성주를 입에 담는 것은 금기.

신을 언급하며, 신에게 얼마나 가까워졌는지를 시험하겠단다. 혈랑단주에게 있어 등효의 말은 그 어떤 말보다도 치욕적으로 다가왔다.

"죽어!"

쐐애액!

단번에 날아와 쌍도를 휘두르는데 그 기세가 몹시 거칠다. 산동의 한풍도 겁에 질려 두 사람 곁으로 다가오질 못하고 있었다.

등효의 주먹이 강렬한 힘을 품고 나아갔다.

그렇게 대산무문의 장문인과 무신성 혈랑단주와의 사투가 시작되었다.

*   *   *

경계를 뚫고 나아가는 느낌.

그 느낌은 참으로 묘했다. 마치 물살을 헤치고 나아가는 감각이다. 실제로 물속에서 움직이는 것마냥 행동에 제약이 오지는 않지만 기분 나쁜 제어력이 느껴졌다. 텁텁한 공기 속으로 푹 들어가는 것 같았다.

강비는 신법에 힘을 더했다.

기분이 좋지 않더라도 일단은 질주한다. 결계 안으로 들어섰다. 또 다른 세상 속이다.

눈으로 보이는 것은 그대로였다.

태산 산세, 장엄한 광경이 두 눈 가득 들어왔다. 겨울의 삭풍으로 앙상해진 나무들이지만, 산세 특유의 멋은 결코 스러지지 않았다. 태산의 겨울은, 그 나름의 흥취가 있었다.

'하지만……'

공기가 갑자기 확 바뀐 느낌.

머리 한구석을 답답하게 하던 요기가 벌레처럼 온몸을 갉아먹는다고 할까. 침투 작전이 아니었다면 정면으로 뚫고 들어갈 엄두도 안 날 만큼 더러운 기분이다.

패왕기가 어느 때보다도 격렬하게 몸을 헤집었다.

진흙처럼 찰박찰박 붙는 요기를 대번에 불사르는 힘이었다. 신공의 진기로 몸을 보호하지 않았다면 제정신을 유지하기 힘들었으리라.

빠르게 신법을 펼치던 강비가 멈춘 것은 자그마한 산의 중턱에 올랐을 때였다.

머리에서 경종이 울렸다.

이전과 달라진 것도 없건만, 더 이상 신법을 펼치면 안 될 것 같은 기분이 들었다. 전장의 피바람 속에서 연마된 육감이었다.

'끝났군.'

몸을 휘돌던 부적들이 점차 힘을 잃는다.

이곳까지 오면서 족히 스물 이상 되는 인기척을 느꼈다. 상대한다면 손쉽게 상대할 수 있지만 모조리 무시하고 뛰어온 길이다. 그들 역시 부적에 보호받는 강비를 발견하지 못했던 것이다.

하지만 지금은 다르다.

결계의 중심으로 들어갈수록 부적은 힘은 잃어갔다.

강비는 사모창을 들어 전방을 향해 겨누었다. 숱한 나무들이 얽히고설켜 그 너머에 무엇이 있는지 보이질 않는다.

하지만 감각에 걸리는 것이 있었다.

"나와."

특유의 나른한 말투가 공간을 가로지르며 박힌다.

무감각에 가까운 말투에 패왕기가 실리니 몸을 휘돌던 부적이 일순 화르르 불타서 사라졌다.

퍼뜩.

흔들리는 기도를 느낀 강비였다. 그가 멈춘 이유, 그가 느낀 인기척이 정확하다는 뜻이었다.

더 이상의 말은 필요치 않다. 강비의 손이 번개처럼 움직였다.

콰앙!

한 줄기 묵직한 권풍을 날리자 나무 두 그루가 박살나며 기의 파동을 만들어냈다.

사사삭.

엄청나게 빠른 속도로 권풍의 잔여 경력을 피한 그림자가 보였다. 강비의 눈이 정확하게 그림자를 향했다.

"에이, 옷에 먼지가 묻었잖아."

투덜거리는 듯한 말투.

은밀하게 숨어 있을 때는 언제고 정작 모습을 드러내니 누구보다도 화려한 면모를 보이는 적이 있었다.

전쟁터도 아닌데, 어두운 적청의 전포(戰袍)를 입은

남자가 나타났다.

강비의 눈썹이 꿈틀거렸다.

'이것 봐라?'

장난이라도 치듯 옷을 탈탈 털며 나타난 이.

행동은 경박하지만 풍기는 기세가 남다르다. 단순히 비교해도 일 년 전 오강명을 한참이나 웃도는 기세였다. 오강명처럼 마공을 익힌 것도 아닌데, 엄청나게 거친 기파를 숨기고 있었다.

등 뒤, 대각으로 맨 언월도(偃月刀) 한 자루가 보였다. 은은한 묵광에 금색과 적색이 절묘하게 배합된 신병이기였다. 강비의 사모창도 천하 보물이라 할 만한 장창이었지만 저 언월도에 미치지는 못할 것 같았다.

남자는 가만히 강비를 바라보다가 낄낄 웃어댔다.

"어이쿠, 눈빛 한 번 살벌하기 짝이 없구먼! 그렇게 노려보면 무섭다구?"

행동거지만큼이나 말투도 경박했다. 입고 있는 의상, 등에 맨 언월도와는 완전히 상반된 분위기다.

그러나 강비는 감히 경시할 수 없었다.

장난을 치는 것마냥 손짓까지 해 대며 움직이는 남자의 몸에서는 결코 무시할 수 없는 기세가 풍기고 있

었다. 은근히 흘겨보는 눈동자에 적도를 살피는 예리
함이 숨었다.

강비는 사모창을 바르게 쥐었다.

시간이 있었다면 한판 시원스레 대무라도 했겠지만
지금은 아니다. 어떻게 해서든 빠르게 돌파해야 할 적
이었다.

창날의 첨봉이 향하자 수천 자루의 바늘이 찌르는
것처럼 살벌한 기세가 풍겨왔다. 남자는 깜짝 놀라는
시늉을 하며 뒤로 훌쩍 물러났다.

"뭐야, 이거 장난이 아니잖아? 이런 강자가 오리라
는 생각은 못했는데?!"

호들갑을 떨며 등 뒤의 언월도를 꺼낸다. 그마저도
장난스러워 보이는 것을 보니, 정말 이런 사람은 또 없
을 것 같았다.

파삭!

강비가 한 걸음을 옮기니 내딛은 발 주변으로 자욱
한 먼지가 일었다. 단단한 동토의 바닥이 가루가 되어
뿜어지는 광경, 남자의 눈동자에 언뜻 긴장의 기색이
뻗친다.

"이건 정말 나 혼자서 감당할 수가 없겠구만."

그럼에도 투지가 살아나는 것을 보니 전투를 무척이나 좋아하는 모양이다.

"통성명이나 할까? 내 이름은 소조문(素朝紋)이라고 하는데, 넌 누구지?"

콰아앙!

박차고 나아가는 강비였다.

말이 끝나기가 무섭다. 이 정도 수준의 고수들에게 방심이란 기대하기 어렵다 하나, 최대한의 틈을 엿보고 나아가니 그 기세가 무척이나 흉흉하다.

남자, 소조문은 재빠르게 언월도를 두 손으로 쥔 뒤 일자로 휘둘렀다.

꽈앙!

두 자루의 장병기가 부딪치며 무서운 폭음을 일으켰다. 비산하는 경력 사이로 뜨거운 열기가 확 치미며 태산으로 이는 찬바람을 모조리 물리친다.

소조문의 눈동자가 굳어졌다.

'엄청난 공력!'

첫 일수의 교환이지만, 한 번의 공격으로 두 팔이 다 저려오고 있었다. 공력을 극한으로 끌어 올려 휘두른 언월도일진대, 상반신 전체가 뒤로 확 밀려나는 느낌이었다.

'여유를 부릴 틈이 없겠구만.'

시시껄렁한 대화로 상대의 빈틈을 유발하는 것이 소조문의 특기 중 하나였다. 한데 애초에 상대가 그냥 치고 들어오니 대화가 안 된다.

쩌저정! 쾅!

연신 휘두르는 사모창의 기세가 엄청나게 사나웠다.

중원 무림 특유의 격은 하나도 보이질 않는다. 심신 수양과 무의 예법 따위는 손톱만큼도 없다.

오로지 죽이기 위한 창술, 사창(死槍)이었다. 전장의 살벌한 품격이 살아 있는 창술이었다.

휘이잉! 퍼어억!

'큭!'

말을 하고 싶어도 말할 틈이 없다. 한 번 몰아치기 시작하니 공격 속도가 눈이 돌아갈 정도로 빨랐다.

그가 지닌 언월도만큼은 아니겠지만 사모창 역시 충분한 중병(重兵)이라 할 만한데, 휘두르는 속도는 번개가 무색했다.

소조문의 눈동자 속에서 은은한 섬광이 일었다.

'이대로는 안 되겠군.'

한 판 시원스레 싸우고 싶지만 이리 격하게 나온다면 이야기가 달라진다. 아까운 일이나, 또한 별수도 없다. 서로 죽고 죽이는 메마른 싸움으로 돌입할 수밖에.

터엉!

언월도로 사모창을 최대한 튕겨낸 뒤 재빠르게 뒤로 물러서는 소조문이다.

신법 하나만큼은 강비조차도 감탄을 할 수밖에 없었다. 전투의 근접 속도는 강비가 훨씬 우세했지만 장거리 이동 경신은 소조문이 한 수 위였다.

후우웅.

그 짧은 시간, 소조문의 언월도에 자색의 광채가 맺혔다.

노을빛과 같은 광영.

강비의 눈썹이 꿈틀거렸다.

'자하?'

저 화산파에는 자하신공(紫霞神功)이라는 절정의 무공이 있어 경지에 들면 노을빛 기광을 낼 수 있다고 들었다.

하지만 스스로를 소조문이라 밝힌 저 남자의 진기는

자하신공이 아니었다. 확신할 수 있었다.

도문의 무공이라고 보기에는 지나치게 투지 넘치는 기운이었기 때문이다. 그러나 자하신공 못지않은 신공 절기인 듯, 대번에 일어나는 기세가 묵직하기 짝이 없었다.

'저런 걸 보지 않으려고 몰아쳤는데.'

제 실력을 꺼내기도 전에 죽이고 나아가려 했다. 틈을 비집고 질주한 이유가 달리 있는 게 아니었다.

하지만 상대의 신법 경지가 워낙에 뛰어나서 전권을 완전히 장악하지 못했다.

강비는 재차 사모창을 겨누었다.

그의 창날에도 패왕기의 붉은 기운이 맺혔다.

소조문의 눈가에 침중함이 서렸다.

'정말 무지막지하구만.'

사모창 창날에 어린 적색의 광채가 눈을 멀게 할 지경이다.

소조문 역시 초혼방에서 상대할 이가 많지 않은 고수였지만, 눈앞에 저 남자는 뭐가 달라도 많이 달랐다.

젊어 보이는데 그 나이에 오를 수 있는 경지가 아니었다.

"너, 이름이 뭐냐?"

이전의 경망스러움은 모두 날려 버린다. 진지한 물음이었다.

강비는 대답하지 않았다.

콰아앙!

다시 한 번 질주하는 그다.

소조문의 얼굴이 일그러졌다.

"이런, 쌍!"

전신전력을 다하는가.

소조문이 본신비기를 꺼낸 순간부터, 강비 역시 틈을 노리는 신속의 창술을 넘어 모든 것을 개방하기에 이르렀다.

'회천포(廻天砲) 쌍룡(雙龍).'

파앙! 파앙!

공기를 찢어발기며 나아가는 두 마리의 용이다. 무시무시한 붉은색 소용돌이가 소조문을 향해 미친 듯이 달려들기 시작했다.

이전과는 완전히 달라진 회천포.

원래는 시전하는 데에 약간의 시간이 필요하던 회천포였으나, 지금의 강비는 순간적인 강격으로 구사할 수 있게 되었다. 깨달음으로 올라선 무공의 향상이었다.

소조문의 몸이 그 어느 때보다 급박하게 좌측으로 물러났다.

콰아앙!

대지를 갈아버리는 일격.

한 자루 창으로 만들어낸 광경이라고는 믿을 수 없는 위력이었다. 거대한 용 두 마리가 바닥을 뒤집은 듯 살벌한 흔적이 생겨났다.

남다른 일격. 괴력의 무공.

소조문의 언월도 역시 빛살처럼 휘둘러지기 시작했다.

"죽어!"

강비의 창술이 모든 것을 부수는 파괴의 정점이라면, 소조문의 도법은 끊어 치는 일격으로 상대를 두 쪽 내는 힘의 절단이었다.

쩌엉!

창대로 튕겨낸다. 묵직한 일도의 참격을 막아내는 공방의 대처가 눈이 부셨다. 역동적인 창 놀림, 소조문은 개의치 않고 무공을 전개해 갔다.

쩌저저정! 콰아앙!

묵직한 언월도가 엄청난 속도로 휘둘러진다.

천근의 힘을 품은 바람이 연신 몰아치는 것 같았다.

인간의 힘으로 막을 수 없는 태풍의 도격들. 일격에 전신전력을 쏟아붓는 도법이 분명할진대, 그것을 이런 연환초로 풀어낸다는 것 자체만으로도 소조문의 무공은 찬사받아 마땅했다.

강비의 눈이 번쩍였다.

강격의 연환초. 하라면 그리고 못할 바 없기 때문이다.

쩌저저저저정!!

창날과 도신이 미친 듯이 얽히며 주변을 초토화시켰다.

무자비한 살초에 대항하는 강비의 광룡식, 광룡화란(狂龍禍亂)이었다. 묵직한 언월도의 참격이 수십 마리 용의 주둥이 앞에서 모조리 흩어지고 있었다.

차앙!

난격 뒤에는 부드러운 창 놀림이다. 뱀처럼 솟아난 창대로 언월도의 창봉을 잡고, 진기의 폭발력을 얻어 옆으로 튕겨낸다.

소조문의 눈에 놀라움이 어렸다.

오른손으로 쥔 언월도가 우측으로 확 꺾였다. 순간적으로 뿜어지는 진기의 타격력이 엄청나서 제어가 되질 않았다.

강비의 몸이 훅 치고 들어간다.

투신보, 절세의 전투 보법이었다. 거리를 좁히는 순간 근접 속도가 상상을 초월한다.

'큰 게 온다!'

본능적으로 뒤로 물러선 소조문이지만 강비의 주먹은 냉정하기만 했다.

쾅!

"커헉!"

신음이 절로 나올 수밖에 없다.

피를 뿜으며 날아가던 소조문이 어찌어찌 자세를 잡았다. 이미 가슴 부근의 옷자락은 모조리 찢겨져 나간 상태였다.

몸을 빼지 않았다면 상반신 전체가 날아갔을 정도로 위력적인 권법.

야왕신권의 발현이었다.

치리릭! 쾅!

물러섰다고 전부가 아니었다. 강비는 무서운 속도로 따라잡아 사모창을 휘둘렀다. 창을 휘두를 거리가 아님에도 공기를 밀어젖힌 무서운 경력이 소조문의 몸 온갖 군데를 할퀴고 있었다.

한 번 밀린 소조문. 속수무책으로 물러날 수밖에 없었다.

파아아.

터지는 경력이 공기를 달군다.

신들린 듯 사모창을 휘두르는 강비 앞에서 소조문의 손이 점차 느려지기 시작했다.

'강하다. 이런 강자가 있었다니.'

소조문은 강비의 눈동자를 바라보았다.

냉정하게 가라앉은 눈. 나른한 빛깔 너머로 반드시 상대를 격살하겠다는 의지가 살아 있다. 전투의 신, 전쟁의 신이 그를 굽어보고 있었다.

'군신(軍神)……..'

틈 하나 보이지 않는 완전무결의 창법.

천하 창술기 중 독보적인 일인자를 보고 있다는 생각이 들며, 소조문의 언월도가 거칠게 울었다.

'목숨을 걸어야 한다는 말이……..'

저 높은 곳에서 진을 치고 있는 자. 일혼주의 얼굴이 떠올랐다.

소조문의 얼굴이 흉신악살처럼 일그러졌다.

마지막 일격을 준비하는 그다.

콰지직!

소조문의 왼팔이 통째로 날아갔다.

일격을 준비하느라 틈이 생긴 것, 그 틈을 놓치지 않은 강비의 사모창이 그의 왼팔을 뜯어버린 것이다.

강비의 눈에 섬광이 일었다.

'마지막 술수.'

온다.

막강한 일격이.

우우우우웅!

벌 떼가 우는 듯한 기음이 터지며 언월도가 거대한 반월을 그려냈다.

그 누구도 피하지 못할 환상의 도법. 저 하늘 높은 곳의 초승달이 통째로 쏟아지는 것 같았다. 압도적인 무공이었다.

강비의 사모창이 처음으로 급박하게 움직였다.

붉은색 돌풍이 어린다 싶더니, 이내 회천포의 포격

이 날아가고 있었다.

쾅! 콰앙! 콰아앙!

세 발의 회천포.

막강한 경력의 돌풍 앞에서, 소조문이 발한 절대의 일격이 사라지고야 말았다.

기를 조종해서 상대의 경력을 소멸시키는 술수. 신기에 이른 진기 운용법이었다. 이제 강비의 무공은 단순히 완전한 형을 넘어 기를 자유자재로 완급하는 경지에 이르렀으니 능히 무신이라 불릴 만했다.

소조문의 얼굴이 허탈해졌다.

술법일문 초혼방이라 하나 무공을 익힌 자가 없을 수는 없다. 소조문은 그곳에서도 무공으로는 세 손가락 안에 꼽히는 절대강자였다.

그런 강자인 자신이 이리 허무하게 패배하다니.

하지만 아직 끝나지 않았다.

승부는 끝났지만 임무가 남았다.

"너… 정말 대단하군."

서슴없는 칭찬. 강비는 눈썹을 조였다.

불안함이 순식간에 증폭되고 있었다.

소조문이 히죽 웃었다.

"내가 이렇게 허무하게 패할 줄은 몰랐어. 하지만 그냥 보내줄 수는 없지."

후웅.

그의 몸에서 자색의 광채가 어렸다. 왼팔에서 줄줄 새는 핏물이 강비의 눈에 확대되듯 보였다.

'위험!'

순간 소조문의 몸이 거대한 폭발을 일으켰다.

콰아아앙!

마치 몇 발의 화탄이 동시다발적으로 터진 것마냥 무서운 열기가 주변으로 퍼져 나갔다. 강비의 사모창이 급박하게 돌아가며 진기의 방패를 세웠다.

휘류류류! 사아악!

휘돌아가는 창대에 막힌 파괴력이 바람에 따라 흩날리기 시작했다.

폭발의 중심부에 있지만 강비의 몸에는 별다른 피해가 없었다. 장포가 조금 찢어지고, 머리가 산발이 된 것 외에는 달라진 것이 없었다.

강비의 눈이 터진 시신에게로 향했다.

시신이라 불리기도 힘든 육편이었다. 진기를 폭발시켜 육신을 터트리는 술수다. 살점 하나, 하나에 막강한 열기가 서려 어지간한 고수라도 그대로 박살이 날 무공이었다.

'폭혈공(爆血功).'

마도의 술수다.

강비는 시신을 일별하고 다시 질주하기 시작했다. 전투의 여운을 즐기기에는 시간이 별로 없었다.

사사삭.

이번 전투의 소음이 워낙에 컸던 것일까.

조용히 침투하던 이전과는 판이하게 다른 양상이었다. 언제 몰려들었는지, 보이지 않는 기운들이 빠르게 가까워지고 있었다.

'일곱? 여덟?'

하나하나 무시 못할 기도들이었다. 개중에는 소조문이라고 스스로를 소개한 남자에 비해 부족함이 없는, 아니 능가하는 자도 보인다.

'쉽지 않겠어.'

강비의 얼굴이 한껏 굳어졌다.

파아악!

속도를 올리는 그다. 한 줄기 바람처럼 나아가는 신형에는 어떠한 위험이라도 돌파하고자 하는 의지가 느껴졌다.

피유우웅!

빠르게 나아가는 와중.

소리가 들리는 것과 동시에 살기가 느껴졌다. 엄청나게 빠른 공격, 강비의 주먹이 붉은 기광을 뿜으며 휘둘러졌다.

쾅!

강비의 신형이 미약하게 흔들렸다.

그는 자신의 손등을 바라보았다.

살짝 찢어져 있었다. 호천패왕신공의 막강한 기운으로도 공격을 완전히 막을 수 없었다는 뜻이다.

'화살?!'

궁사(弓師)였다.

그것도 놀라운 경지의.

피유우웅! 피유우우웅!

두 발의 속사음이 들려왔다.

이전과 똑같다. 화살이 대기를 찢고 나아가는 소리가 들림과 동시에 지척에 다다라 있다. 엄청나게 빠른 속도, 강비의 몸이 홱 틀어졌다.

퍼어어억!

거의 동시에 땅에 꽂히는 두 발의 화살.

얼어붙은 동토임이 분명한데 거의 깃까지 박혀 있었다. 무서운 사격술이었다. 이전에 주먹으로 튕겨낸 것이 믿기지 않을 만큼의 위력이다.

'제기랄.'

원거리 공격.

돌파한다면, 이전처럼 못할 것 없다. 문제는 시간이다. 이 궁사는 정말 보통이 아니었다. 끊임없이 괴롭힌다면 시간이 훨씬 지체될 거라는 생각이 들었다.

'별수 없지.'

최대한 체력과 내공을 아끼려고 했지만, 이제는 정말 그럴 수가 없게 되었다.

강비의 몸이 흩어졌다.

아니, 그렇게 보였다.

절세보법, 투신보였다. 잔상을 일으키며 적의 눈을 현혹하는 일위환신(一衛幻身)의 수법이다. 본래는 스스로를 지키는 기예이나, 강비 정도의 경지라면 오히려 공격용으로도 사용할 수 있는 수법.

파라라락! 퍼억! 퍼억!

세 발의 화살이 강비의 육신 세 개를 뚫고 땅에 박

혔다.

모두 환영이다. 그럼에도 가슴이 철렁하다. 긴장을 풀었다면 진짜로 맞았을 것이다.

터엉!

저 멀리서 기이한 소리가 울렸다. 강비의 시선이 허공 높은 곳에서 떨어지는 물체에 닿았다.

'벽력탄?!'

강비의 얼굴이 확 변했다.

고수. 화살. 궁사.

까짓 것 다 좋다.

하지만 저 벽력탄이라는 물건은 정말 쉽지가 않다. 강호에서도 절대 금기시되는 최악의 화탄이었다. 포대에 장전하는 것이 아닌, 손으로 던질 수 있는 폭탄 암기의 최고봉이 날아오는 것이다.

'젠장할!'

강비의 신형이 누가 잡아당기기라도 한 듯 쭉 늘어졌다. 무공을 펼쳐 막는 것보다 폭발적인 힘으로 폭탄 반경에서 벗어나는 게 이롭다고 생각했기 때문이다.

콰아아앙!

거센 폭음과 함께 화마가 일렁였다.

눈으로 보고도 믿기 힘든 위력이다. 폭탄의 중심부로부터 반경 삼 장이 죄다 날아가 버린다. 땅이 터지고 공기가 달아올랐다. 엄청난 위력이었다.

'냅다 폭탄을 던져?!'

이건 보통 일이 아니다.

초혼방이 얼마나 자금이 많은지는 모르겠지만 벽력탄이라는 기물은 함부로 구할 수 있는 물건이 아니다. 말인즉, 저쪽에서도 아끼고 있을 물건이라는 것.

아무리 이쪽의 전력이 강하다 해도 이만큼 빠르게 대처했다면, 이는 분명 일혼주라는 반혼의 입김이 들어간 탓이리라.

천리신개의 상태는 물론 이쪽의 상황도 알고 있다는 뜻으로 해석할 수 있었다.

하지만 벽력탄을 빠르게 소모한다는 것은 곧 반혼 역시 급해졌다는 뜻.

얼마 남지 않았다는 뜻이다.

서문종신에게로 이어지는 길이.

강비의 눈이 찬란한 적색 광채를 품었다.

'영감, 조금만 기다려!'

콰아앙!

땅을 박차고 재차 질주하는 강비다.

그의 발걸음이 어느 때보다도 빨랐다.

3.
태산광룡전(泰山狂龍戰) 二

휘이이익!

혈랑단주의 몸은 빨랐다.

치고 빠지는 몸놀림이 발군이다. 특히나 감각이 뛰어났다. 언제 들어가야 할지, 언제 물러나야 할지를 잘 알고 있었다.

하지만 혈랑단 특유의 사나움은 엿보이지 않는다.

신중한 모습이었다. 쌍도를 쥔 손에는 불끈 핏줄이 튀어나왔고, 등효를 바라보는 눈은 굳어 있었다.

'공략할 길이 안 보이는군.'

혈랑단주는 칼을 고쳐 쥐었다.

'이럼 재미가 없는데.'

사납게 미쳐 날뛰고 싶어도 판이 깔려야 노는 법이다. 난전이라면 더할 나위가 없고, 서로를 향해 미친 듯이 치고 박는 싸움이라면 오히려 혈랑단주가 바라는 바였다.

하지만 상대가 곤혹스럽다.

등효, 제자리를 지키며 가만히 혈랑단주를 노려보니 가히 태산과도 같은 위용이었다.

'빈틈이 하나도 없어.'

가만히 서서 바라보기만 하는데, 어찌 들어갈 수가 없는가.

나아가 한 칼 휘두르려 해도 복부, 머리, 허벅지, 어느 곳이라도 곧바로 한 대 맞을 듯한 환상이 눈앞을 가로막는다.

그것은 곧 익힌 무공의 차이이며 동시에 수준의 차이.

근소한 차이든 크나큰 차이든, 이미 등효의 무공이 혈랑단주를 웃돌고 있다는 뜻이다. 전신 가득 뿜어지는 기도가 범접할 수 없는 산악의 장중함을 품고 있었다.

파악!

기어이 중압감을 뚫고 들어가 오른손, 천백도(天白刀)를 휘둘러 본다.

카아앙!

가벼운 손짓 한 번에 우측 도가 등 뒤로 튕겨 나갈 것처럼 홱 틀어졌다. 연이어 좌측의 지흑도(地黑刀)를 휘둘렀지만, 목덜미, 경동맥을 베고 지나가야 할 흑도가 등효의 옷자락조차 스치지 못하고 허공을 베었다.

터엉!

천백도를 튕겨냈던 것만큼이나 가벼운 일수.

혈랑단주의 몸이 뒤로 튕겨 나간다.

재빠르게 보법을 펼쳐 신형을 바로잡는 그다. 놀라운 몸놀림이었다. 확실히 몸을 놀리는 수준만큼은 기가 찰 만큼 대단했다.

그의 눈동자가 시뻘건 살기를 흘렸다.

"감히 나를 봐주는 건가?!"

등효는 고요한 눈으로 그를 바라볼 뿐이다.

거의 평화롭다시피 한 눈이지만 그 눈을 대한 혈랑단주의 얼굴은 수치심으로 붉게 물들었다.

치욕으로 얼룩진 얼굴.

"그런 눈을!"

제아무리 판이 깔려 있지 않아도, 결국 기분대로 행동하는 난폭한 자가 혈랑단주였다. 무신성으로 들어가지 않았다면 필시 비사림의 마인이 되었을 정도로 성격이 강하고 격렬하다.

파악!

대번에 치고 들어가는 혈랑단주다.

이전의 질주가 탐색의 기색이었다면 지금의 기색은 끝장을 볼 기세였다. 단번에 붙어난 살기가 혈랑단주의 무공을 극한까지 끌어 올려주고 있었다.

등효의 잔잔한 눈이 일순 굴강한 위엄을 발산했다.

쾅!

한 번의 진각으로 대지가 진동하고.

부웅!

뻗어 나오는 일권에 무시무시한 경력이 실렸다. 앞을 가로막는 모든 것을 박살 낼 일권이었다.

혈랑단주의 몸이 기쾌하게 움직였다. 거의 본능 수준의 몸놀림이었다.

카가가강!

두 자루 쌍도를 신들린 듯 휘두르며 거대한 주먹을

막지만, 한 번의 주먹질을 완전히 막질 못한다. 심지어 상처 하나도 주지 못하니, 등효의 주먹이 얼마나 단단한지는 미루어 짐작할 수 있으리라.

퍼억!

'큭!'

자존심이 있어 억지로 신음을 삼키지만 혈랑단주는 온몸을 관통하는 강렬한 통증을 느꼈다.

일권을 펼치고 나아가 좌측 팔꿈치로 우상박을 때리는데 지극히 자연스러운 몸놀림이었다. 허벅다리를 올리고 상박을 단단하게 붙이지 않았으면 이미 팔 하나가 부러졌을 공격이었다.

등효의 공격은 거기서 끝나지 않았다.

쾅! 쩌엉!

팔꿈치 이후 다시 일권이다. 단조로운 무공이었다. 하지만 그 단조로움 속에는 모든 것을 부술 듯한 파괴력과 믿기지 않는 부드러움이 동시에 깃들어, 알아도 막을 수 없는 무리(武理)가 한가득이었다.

혈랑단주는 억지로 몸을 틀며 겨우 등효의 주먹을 피했다.

사아악.

뒤늦게 흘러나온 권풍 때문에 머리카락이 미친 듯이 날리고 있었다. 피하는 게 늦었다면 머릿가죽이 죄 벗겨졌을 정도로 막강한 권풍이었다.

낭패한 얼굴의 혈랑단주.

'제기랄. 이런 놈이 있었다니!'

이런 싸움을 해본 적이 없다.

싸움이란 결국 휘두르고, 피가 터지고, 살점이 날아가는 영역이다. 사람이 만들어낼 수 있는 가장 원초적인 파괴의 장이 싸움인 법이다.

한데 저 등효에게는 그렇지 않은 것 같다.

불가 사천왕상처럼 가만히 서서 모든 공격을 무마시키고 짧고 단조로운 권격만으로 눈앞의 장애물을 걷어낸다.

산악과도 같은 무공.

대산무문의 오의를, 거의 완전하게 몸에 체득한 모습이었다. 그러지 않고서야 이런 무공을 펼쳐 낼 수가 없으리라.

등효는 가만히 두 주먹을 빙빙 돌리다가 입을 열었다.

"됐다. 충분하군."

"뭐라?"

"부동산맥공(不動山脈功)의 성취를 보고자 함이었다. 실전에서 쓰는 건 처음이었는데, 다행히 잘 여문 것 같군."

혈랑단주의 이마에 핏줄이 섰다.

말인즉 자신을 상대로 익힌 무공을 시험해 봤다는 뜻 아닌가.

"이 죽일 놈!"

진짜로 분노해 버린 혈랑단주다.

콰앙!

대지를 박차는데, 이전과는 또 다른 속도였다. 내쳐오는 도격이 배로 흉흉했고, 뿜어지는 경력이 바위조차 난도질해 버릴 것 같았다.

등효의 눈이 번쩍였다.

평화로운 가운데 위엄이 그득하던 이전과는 달리 막강한 기운을 품고 있었다.

후우웅.

휘둘러지는 주먹.

진악팔권, 소림사의 신권절기(神拳絕技)들이 아니라면 감히 비할 만한 무공이 없다는 절대권공이 펼쳐진 것이다.

콰아앙!

"커헉!"

마주하지 않으려 해도 순간적인 권격의 속도가 엄청나서 피할 수가 없다.

쌍도를 펼쳐 막은 혈랑단주의 몸이 다시 종잇장처럼 가볍게 뒤로 날아갔다.

머리를 몇 번 흔든 혈랑단주가 다시 등효에게로 시선을 돌렸다.

'없다?!'

어디로 갔는가.

거대한 등효의 몸이 보이질 않았다.

휘이잉!

소름을 돋게 만드는 소리다. 혈랑단주는 본능적으로 몸을 굴렸다.

콰아앙!

하늘 높은 곳에서 내려와 발로 대지를 찍어버리는 등효였다. 땅에 파고든 다리, 거의 무릎까지 들어간 데다가 주변은 거미줄처럼 쫘쫙 갈라졌다.

피하지 않았다면 혈랑단주의 몸도 박살이 났으리라.

"이놈!"

어찌 되었든 다리가 땅에 봉해졌다. 찰나의 시간, 찰나의 틈을 본 혈랑단주였다. 무서운 속도로 들어오더니 낭형마도(狼形魔刀)의 살벌한 도법을 펼쳐 냈다.

등효의 눈이 번쩍였다.

콰르릉! 퍼버벅!

무식한 굉음과 함께 수백 개의 돌덩이들이 혈랑단주의 앞을 막아섰다.

혈랑단주의 눈이 찢어질 듯 커졌다.

'거기서 그런……!'

놀랍다. 놀랍다 못해 경이로웠다.

땅에 박힌 다리를 그대로 차올려서 대지를 파괴함과 동시에, 부서진 돌덩이들을 질주하는 혈랑단주 전면으로 쏘아 내버린 것이다.

신기에 이른 무공이었다. 발상의 차원이 다른 무공이었다.

쩌저저정!

천지쌍도를 휘둘러 경력이 섞인 돌덩이들을 막아갔지만 그것에도 한계가 있다. 허벅지와 복부 몇 곳에 묵직한 돌을 맞으니 그대로 쓰러지고 싶은 기분이었다.

아무리 그래도 혈랑단주의 무공은 놀라운 것이었다.

그 많은 돌덩이들, 그것도 등효의 진기까지 섞인 것들을 오로지 두 자루 칼만으로 거의 다 튕겨내거나 베어낸 것이다.

파아앙!

하지만 문제는 등효라는 존재 자체에 있었다.

하나의 문제를 해결하니, 그 뒤에 산더미만 한 문젯거리가 쫓아온다. 거대한 바위가 움직이는 것 같은 보법 이후에는 산맥처럼 굴강한 힘을 품은 권법이 뒤따랐다.

콰아아아앙!

그 어느 때보다도 막강한 일권.

진악팔권(鎭嶽八拳), 천산격(天山擊)이다.

거의 삼 장이 넘는 거리를 튕겨 나간 혈랑단주다. 빠르게 몸을 세워 섰지만 이미 두 다리에 힘은 풀리고 양손은 떨리고 있었다.

몸에 걸친 경갑이 아니었다면 흉골이 박살 났을 것이다.

'이 무서운……!'

엄청난 힘이다.

그 앞에서는 기교, 속도, 날카로움 어떤 것도 통하지가 않았다. 틈을 보고 찔러 넣는 일권에 하늘이 무너질 것 같은 파괴력이 함께한다.

만변(萬變)을 일변(一變)으로 제압하고 극속(極速)을 둔보(鈍步)로 따라잡는 둔도제검(鈍刀制劍), 후발선제의 묘용이 완벽하게 살아 있는 무공이었다. 더불어 비할 데 없는 파괴력까지 겸비하니 도무지 인간이 감당할 무공이 아니었다.

그러나 제아무리 등효가 막강한 무인이라 해도.

혈랑단주는 물러설 수가 없었다.

자존심이 걸렸기 때문이다.

강자의 손에 죽어줄 수는 있지만 아무것도 못한 채 죽는 건 사양이다.

아니, 어떻게 해서든 이긴다. 상대보다 약해도 기어이 따라잡아 이기는 것이 혈랑단주의 방식이었다.

"캬아앗!"

비명인지 기합인지 모를 외침과 함께 혈랑단주의 낭형마도가 재차 펼쳐졌다.

사납게 펼치는 난격이지만 도법이 그리는 투로만큼은 절묘하기 짝이 없었다. 난도질의 무공, 피하기도 어렵거니와 막기는 더 어려운 무공이었다.

막기가 어렵다면, 더 강한 무공으로 눌러줄 수밖에.

등효의 발이 다시 한 번 거암(巨巖)의 일보(一步)를
밟았다.

꽈앙!

엄청난 진각음과 함께 주먹을 뻗어내는 등효.

천산격에 이은 진산격(震山擊)이다. 수준이 다른 무
공, 파괴력만큼은 광룡식의 회천포와 비견될 만한 진
악팔권이니만큼 혈랑단주가 막기에는 무리였다.

꽈지직! 카앙!

천지흑백쌍도가 부러진다.

깨지고 부러지는 칼날 너머로, 끝까지 나아간 경력
의 파동이 붉은색 갑주까지 깨부수고 있었다. 이미 주
먹을 회수했음에도 경력이 멈추지 않으니, 이것이 곧
진산격이다. 막강한 공격력이었다.

퍼어어어엉!!

혈랑단주의 가슴에 거대한 구멍이 뻥 뚫려 버렸다.

모든 것을 파괴하는 거산의 주먹이었다. 그 앞에서
는 천하 보도라는 천지흑백쌍도도, 갑주도 필요가 없
었다.

흐릿하게 뜨이는 혈랑단주의 눈.

그대로 뒤로 넘어가 풀썩 쓰러진다. 무신성에서 가장 격렬하고 난폭하다는 혈랑단주답지 않은, 그러나 누구보다 혈랑단주다운 죽음이었다.

등효는 주먹을 몇 번 쥐며 혈랑단주를 내려다보았다.

'아직 멀었어.'

진악팔권 진산격.

제대로 격중당하면 침투경이 미친 듯이 뻗어나가 온몸이 터져 나갈 것이다. 진악팔권 중에서도 가장 잔인한 살초이니만큼 파괴력에서도 자비가 없다.

혈랑단주의 내공이 워낙 대단해서 상체가 뚫리는 선에 그쳤지만, 그래도 완전한 위력이라고 생각하지 않는다. 등효는 확실히 멀었다고 생각했다.

그는 주변을 둘러보았다.

저 멀리, 꽤나 멀리 떨어진 곳에서 꿈틀대는 기운들이 느껴졌다. 이 전투로 인해 경력이 꿈틀대고 굉음이 터졌으니 못 알아차릴 수가 없으리라.

'시간이 없겠어.'

콰앙!

은밀함은 이제 버려야 할 때다.

그의 몸이 벽란이 사라진 곳으로 빠르게 쏘아졌다.

*   *   *

강비의 신형은 빨랐다.

시시각각 몰려오는 적들. 심지어 육안으로 보이지도 않게 은밀하다.

쏟아지는 화살들은 무척이나 위험했다. 나아갈 행로를 선점하여 사격하는 궁사. 분명 감각에 걸리는 궁사는 한 명일진대, 얼마나 많은 화살통을 가지고 있는지 쉴 새 없이 쏘아내고 있었다.

그리고 한 번씩 터지는 벽력탄.

콰아앙!

화마의 불길이 태산의 아리따운 노송들을 휩쓸었다.

직선일로로 달려도 시간이 모자란데 목표지를 정확하게 잡고 나아갈 때마다 벽력탄이 터진다. 자연히 시간이 지연될 수밖에 없다. 강비로서는 분통이 터져도 모자랄 상황이다.

그럼에도 그의 눈은 냉정했다.

아무리 급하다 해도 무작정 서둘러서야 곤란하다.

무공의 경지가 상승하면서, 상당히 염세적이던 그의 성격은 물론이거니와 전투 앞에 급하기 짝이 없던 성정까지도 완화가 된 듯 이전보다 훨씬 안정적인 심성을 보여주고 있는 것이다.

터어엉!

휘두르는 창대에 화살 세 대가 바람에 휩쓸린 갈대마냥 옆으로 튕겨 나갔다.

강비의 눈살이 찌푸려졌다.

사모창을 쥔 손. 그 손아귀에서 은은한 통증이 일고 있었다.

'좋지 않아.'

아무리 여유를 가지려 해도 차츰 강해지는 화살 세 례는 상당한 부담이었다. 정면으로 마주했을 때야 상대가 될 리 만무하지만, 이렇게 숨어서 사격을 하는 데야 그도 어쩔 수 없다.

'아니, 그렇진 않아.'

정확하게는 시간의 문제였다.

작정하고 잡겠다 하면 이쪽에서 치고 들어갈 수 있다. 그렇게 되면 은밀하게 따라잡고 있는 적도들을 격파하는 것도 불가능하지 않다. 싸운다면 시간이 걸릴

지언정 충분히 돌파가 가능하다는 것이다.

'그게 문제지. 시간이 부족하다는 것.'

그라고 어찌 한바탕 시원스레 붙고 싶지 않겠는가.

강비는 왼손을 품에 넣어 비도 두 자루를 만지작거렸다.

총 열두 자루가 구비된 비도다. 비도술(飛刀術)이라면 천하 누구에게도 뒤지지 않을 자신이 있지만 지금은 함부로 쓸 때가 아니었다.

그렇게 얼마나 질주했을까.

휘이이잉!

느닷없이 나타난 절벽이다.

강비의 눈이 절벽 너머, 탄탄하게 난 길목을 향했다.

'좋지 않아. 한 번에 뛸 수 있는 거리가 아니야.'

아무리 폭발적인 내공을 이용한다 해도 무리다. 중간에 징검다리 역할을 디딤대가 필요하다.

단 하나면 충분하겠지만.

'한데 이런 절벽이 있었던가? 태산에?'

태산은 엄청나게 넓다. 넓은 만큼이나 헤아릴 수 없는 길이 있고 이런 절벽 하나 나타났다고 문제가 되진 않는다.

진짜 문제는 느닷없다는 것.

적들이 억지로 자신을 이리로 몰아낸 것이 아니었다. 강비의 눈은 끝까지 결계의 중심부를 향했다. 자신이 한 것이지 적들의 의도가 아니다.

강비는 잠시 호흡을 정리하곤 뒤를 돌아보았다.

이미 끝까지 왔다고 생각한 걸까.

은밀하게 숨어 있던 적도들이 하나씩 모습을 드러내고 있었다.

그들의 차림은 무척이나 기이했다.

언젠가 한 번 봤던 옷차림이다. 펑퍼짐한 옷. 도복인지 승복인지도 알 수 없는 옷차림들이다. 전신에 서린 신비로운 기도가 무인의 그것과는 판이하게 달랐다.

'술사들.'

의선총경을 탈환하는 작전에서 들렀던, 의선문에 나타난 삼혼주의 모습과 유사하다.

다른 것이 있다면 삼혼주의 옷차림이 보다 화려하면서도 깔끔하다는 것 정도일까.

드러낸 술사들의 숫자는 이십이 넘었다. 게다가 군데군데 무인으로 보이는 이들이 나타나는데, 한 명 한 명의 기세가 실로 대단했다.

'궁사는 보이지 않아. 끝까지 저격을 하겠다는 뜻인가.'

냉정한 눈으로 전세를 살피는 강비다.

'나는 지금 상당히 중심으로 접어들었어. 동악묘와 가까워졌지만, 그렇다고 아주 가깝지는 않아. 여기는 입구와 동악묘의 중심지, 즉 결계의 중심이다!'

정확하게 도착했다.

절벽이 눈에 걸리지만, 싸우는 데에 큰 불편함은 없겠다.

"대단하군."

느닷없이 말을 거는 작자가 있었다.

술사들 중에서도 가장 압도적인 기도를 보여주는 작자다. 표정 없는 얼굴에 손에는 기다란 석장(錫杖)을 들었다. 아니, 정확히는 석장이 아니었다. 석장과 비슷하지만, 달랑이는 고리 하나하나에 붉고 푸른 수실을 달아서 화려함이 돋보이는 물건이었다.

"본방의 신요지계(神妖地界)를 뚫고 그리도 자유롭게 움직일 줄이야. 자네의 무력에 경이를 표하네."

신요지계가 바로 이 결계의 이름인 모양이다.

강비의 눈이 석장을 든 술사에게 꽂혔다.

얼굴은 차가운데 말투에는 묘한 생기가 깃들어 있다. 마치 과거에 만났던 삼혼주와 같았다.

'어쨌든 괜찮아.'

조금 더 버티면 된다.

절벽이 문제가 되지만, 길은 나올 것이다. 이제 벽란이 신호를 줄 때까지 이곳에서 모든 적들의 시선을 붙들면 된다. 일차 목적은 이룬 것이다.

물론 이제 더 어려운 싸움을 겪어야겠지만.

강비는 사모창으로 땅을 때렸다.

쿠우웅.

지진이라도 난 듯 일대가 흔들린다.

전신 가득 패왕진기를 끌어올리고 그 어느 때보다도 살벌한 기도를 뿜어내기 시작하는 강비다. 태산 전체의 시선을 이리로 돌리겠다는 듯 작정하고 발산하는 그의 기도는 그야말로 압도적이었다.

술사들의 우두머리, 기혼단주(記魂團主)의 얼굴이 굳어졌다.

'엄청나구나!'

대단한 무인이라고 생각은 했지만 이 정도일 줄은 몰랐다.

좌중을 내려다보며 뿜어내는 기파의 농도가 상상을 초월하고 있었다. 전율스러운 기도다. 일대종사의 힘, 천외천의 힘을 유감없이 발휘하는 상대를 보며 기혼단주는 일대난적이 출현했음을 직감했다.

그것도 다시없을 대적이.

"기혼단은 암형술진(暗形術陣)을 펼……."

퍼어억!

기혼단주의 말이 끝나기도 전에 살벌한 타격음이 들렸다.

모두의 시선이 그곳으로 돌아갔다.

일동 경악했다.

도대체 언제 어떻게 움직였는지, 타오르는 적색의 섬광을 뿜어낸 강비가 술사 둘의 머리통을 주먹으로 터트려 버린 것이다.

살벌하리만치 강력한 권법이다. 뒤이어 기다란 사모창을 휘두르는데, 일창을 휘둘렀건만 술사 셋의 머리통이 하늘을 날고 있었다.

신속(神速)의 보법. 끝을 모를 무공.

기혼단주는 크게 놀라 소리쳤다.

"진법으로 대처해!"

애초에 술사들의 진법이라는 것은 큰 골칫거리라고 들은 강비였다. 펼치기도 전에 무너트리는 것이 정답이라고 벽란이 말한바 있었다.

다행히 술사 다섯의 목숨을 취할 수 있었지만 그들은 결코 만만치 않았다.

퍼어억!

술사부터 싹 없애고 시작하려 한 전투, 그러나 모든 것이 그의 뜻대로 돌아가진 않았다.

옆에서 노려오는 강력한 일검.

무시할 수 있는 검격이 아니었다. 보법에 제동을 걸고 사모창을 휘두를 수밖에 없었다.

쩌어엉!

강렬한 울림이 영역 모두의 귀에 강한 충격을 주었다.

비칠비칠 물러나는 검사. 키가 큰 중년인이었다.

'이러면……!'

눈을 돌리자마자, 어느새 주변이 어두워졌다.

뭉클뭉클 둘러싸기 시작하는 먹구름.

초혼방의 고위 진법, 암형술진이 발동된 것이다.

틈을 주지 않겠다고 움직였지만 무인들의 실력이 워

낙에 막강했다. 걸릴 수밖에 없었다.

빛 한 점 보이지 않는 어둠이 둘러쌌다.

내공으로 안력을 집중해도 도무지 보이지가 않는다. 완전한 어둠이었다. 이런 어둠으로 둘러싸인 바에야 눈은 포기하는 게 좋다.

강비의 눈이 번쩍였다.

곤란할 것은 하나도 없다. 눈이 없다 한들, 그에게는 남은 오감이 있고 심안이 있다. 눈이 있든 없든, 적을 상대하는 데에 있어 별달리 문제가 안 된다는 말이다.

진짜 문제는 따로 있었다.

꽈르릉.

어둠 주변에서 은은한 뇌성이 울렸다.

'바로 이거지.'

자신을 둘러싼 어둠이, 어떤 작용을 할는지 알 수 없다는 것. 술사들이 어떤 수를 쓸지를 모른다는 것이 문제다.

하지만 벽란은 철두철미했다.

"아마 강 공자 혼자 시선을 돌리기 위함이라면, 이

166 **암천루**

게 필요할 거예요."

"부적?"

"이건 소리와 기척을 없애주는 부적이에요. 진기를 불어넣고 찢으면 발동하죠."

"그럼 이건?"

"진법에 대응할 부적이에요."

"진법……."

"술사들의 진법은 골치가 아프죠. 같은 술사들에게 도 힘들어요. 하지만 파훼법을 알면 그것처럼 쉬운 대 응이 없어요. 이왕이면 아끼는 게 좋겠지만 정 어렵다 싶으면 사용하세요."

"어떻게 사용하면 되지?"

"간단해요. 진기를 불어 넣으면 되요. 강 공자의 진 기를 이미 내가 기억하고 있으니, 주(呪)는 확실하게 해놓았어요. 이 부적은 주변이 어두워진다 싶을 때 사 용하시면 돼요. 암형술진이라는 것으로, 감각을 혼동 시키고 술사들의 술법을 배 이상 증폭시켜 주는 전투 진법이죠. 그리고 이것은……."

애초에 진법을 사용하지 못하도록 몰아치려고 했다.

언제 또 어떤 진법이 몰아닥칠지 알 수 없기 때문이다. 하나의 진법이 연달아 터질 수도 있었다.

하지만 애초에 이리 걸린바에야, 아껴둘 이유가 없다.

파삭.

뇌성이 치는 어둠 주변으로.

종이의 질감으로 글자를 파악한 그가 패왕진기를 불어 넣었다.

후우웅.

손에서 떠난 부적이 강비의 눈앞으로 떠올라 은은한 광채를 내었다.

언제 봐도 신기한 광경이다. 강비도 그 아름다운 빛을 감탄하며 바라보았다.

후와아앙!

일순 빛이 폭사된다.

번쩍!

네 개로 정확하게 찢긴 부적이 암형술진의 어둠을 뚫고 사방으로 뻗었다.

정확히 동서남북(東西南北), 네 방향이다.

주를 외우며 막강한 뇌전을 불러일으키던 기혼단주

의 표정이 굳어졌다.

"저것은!"

환하게 빛나는 네 개의 부적들.

사방금기(四方金氣)다.

화아아악! 우르르릉!

'크윽!'

열다섯의 술사들과 기혼단주가 일으키던 뇌전이 빨려들 듯 네 개의 부적으로 몰려갔다. 너무 한순간이라 막을 수가 없다. 찰나와 같았다.

번쩍!

무시무시한 전력(電力)을 머금은 부적들이 위험하게 불똥을 일으켰다. 주변에 다가서는 것만으로도 감전이 될 만큼, 막강한 뇌기(雷氣)가 휘몰아치고 있었다.

화르륵!

번뜩이던 네 방향의 뇌기가 진의 중심으로 꺾어 들어오며 번개의 만(卍) 자를 형성했다. 눈으로 봐도 믿기지 않는 빛의 향연이었다.

기혼단주의 입에서 기어이 경악성이 터졌다.

"사방금기에 만철과로(卍鐵過路)라니!"

한 장의 부적에다가 두 가지의 술법을 차례로 쌓아

두는 것.

'저것이 가능하단 말인가?!'

너무 놀라서 후속 대응할 생각도 못한다. 기혼단주의 얼굴은, 더하여 술사들의 얼굴까지 완전히 얼어버렸다.

듣도 보도 못한 술수다.

부적 한 장에 담을 수 있는 주력(呪力)에도 한계가 있는 법이다. 실상 부적이란 술법을 펼치는 매개체가 된다거나, 술법의 일각을 담당할 정도가 전부이지, 부적에 하나의 술법 자체를 담는다는 것도 지극히 어려운 공부였다.

한데 그 복잡한 술법의 연계를 두 가지나 때려 박다니.

부적술이 신의 경지에 도달하지 않았다면 절대로 이런 광경을 보여주지 못하리라.

그때였다.

콰르르릉!

진법의 축, 한가운데로 몰린 거대한 뇌기가 삽시간에 사방으로 치닫기 시작했다. 암운(暗雲), 먹구름 곳곳에 낀 수기(水氣)를 타고 미친 듯이 뻗어 나가기 시작한 것이다.

번쩍! 번쩍!

뭉텅이로 내려앉은 먹구름 곳곳에서 번갯불이 피어오르고, 동시에 불똥이 튄 곳에서는 구름이 걷혀가기 시작했다.

놀라운 광경이다.

진법의 파훼(破毀)다.

단 한 장의 부적으로 초혼방의 고위 진법인 암형술진을 대번에 파괴해 버린 것이다.

"이런 말도 안 되는 일이!"

더 말도 안 되는 일은 연이어 일어났다.

부아아앙!

거대한 먹구름이 마치 거대한 무언가에 빨려 들어가듯 무서운 속도로 집결되기 시작했다.

세 개의 길.

세 개의 화탄.

세 마리의 미친 용.

시커먼 구름 사이사이로 붉은색 화염의 바람이 새겨진다 싶던 그 순간.

"피해!!"

콰앙! 콰아앙!

모든 것을 찢어발기며 나아가는 회천포 세 발이 주변을 휩쓸어갔다. 눈으로 보고도 피하기 어려운 속도, 영역 안으로 들어서면 경력의 소용돌이로 살점이 갈리는 엄청난 무공이었다.

휘류류류류.

뜨거운 열풍이 주변을 달구고 있었다.

대지 곳곳이 파이고, 나무 몇 그루가 박살이 나며 쓰러졌다. 경력의 여파가 잔존하며 공기를 묵직하게 내리누르고 있었다.

기혼단주는 떨리는 눈으로 주변을 둘러보았다.

완전한 파괴의 흔적이었다.

남은 술사들 열다섯 중 무려 열셋의 육신이 형체도 모르게 갈려서 피 보라를 뿌렸다. 살아남은 술사들조차 경력에 휩쓸려 피를 토하고 있었다.

'이럴 수가⋯⋯!'

세상에 이런 술법도 있단 말인가?

본 적도, 들은 적도 없다. 아니, 술법으로 가능이나 한 일인가? 술법을 펼치려면, 아무리 빠른 술법이라도 특유의 기력이 느껴져야 마땅하다.

사라락.

모든 먹구름이 사라지고 난 이후, 진법의 중추에서는 강비가 사모창을 고쳐 쥐고 있었다.

파바박!

대번에 날아오는 강비다. 거리를 좁히는 능력이 상상을 초월한다. 엄청나게 탄력적인 몸놀림이었다.

피유우웅!

상황을 인식한 듯 저 보이지 않는 뒤편에서 화살 두 대가 쏘아져 날아왔다. 그 어느 때보다도 빠른 강격이었다.

강비의 몸이 회전을 머금었다.

터어엉!

한 발의 화살은 사모창 창대에 맞아 부서지고, 다른 하나는 그의 옆구리를 스치고 지나갔다.

기혼단주의 손이 강비를 가리켰다.

그의 검지와 중지가 쭉 펴졌다. 손가락 끝에 은은한 화기(火氣)가 어렸다.

후우우웅.

작은 화염의 구가 빠르게 덩치를 불리며 굉장한 화력을 선사했다. 초혼방의 술법, 상천화결(上天火決)

이다.

벽란이 일전에 썼던 상천화부의 술법과 동등의 술법.

쏴아악!

거대한 화염의 구가 쏟아지기도 전, 도검을 든 무인들이 각 방위를 지키며 강비에게 공격을 감행했다.

한 명, 한 명의 수준이 일 년 전의 오강명보다도 앞서는 자들이다. 대단한 무인들, 이런 작자들을 어디서 그렇게들 구하는지 알 수가 없었다.

파아아악!

쏟아지는 경력에, 강비의 몸도 재차 회전한다. 각 방위를 짚고 쏘아내는 광룡의 오섬(五閃)이다.

퍼엉! 퍼엉! 퍼엉!

한둘이라면 모를까, 다섯 절정고수의 합공은 강비에게도 상당한 부담이었다. 손목이 아리기 시작한다. 경력을 완전하게 해소하지 못한 것이다.

부아앙!

그 뒤로 거대한 화염의 구가 날아왔다.

포탄이라도 쏘아낸 것처럼 빠른 속도였다. 화끈거리는 피부, 모르긴 몰라도 벽력탄보다도 강한 폭발력을 발산하리라.

절묘한 배합이었다.

시기적절함이 타의 추종을 불허한다.

'전부 피할 순 없다.'

투신보 발동이다.

일위환신에 환영을 지우고 속도를 배가시켜 좌측으로 물러났다. 사모창을 어느 때보다도 크게 휘두른다.

회전하는 창봉.

순간적으로 뿜어지는 경력의 묵직함에 불꽃이 주춤했지만, 재차 들어온다. 기의 무거움으로 치자면 화염구가 한 수 앞선 것이다.

콰릉!

재빠르게 빠져나온 강비의 신형.

가까스로 직격타는 면했지만 어깨에 화상을 입었다. 정말 찰나만 늦었어도 팔 한쪽이 날아갔을 것이다.

번쩍!

퇴로를 향해 쏟아지기 시작한 도검들.

연수합격이라도 익혔는지 공격들이 절묘하다. 다섯 고수의 힘이 열 명의 고수가 합공하는 것마냥 크고도 크다.

'낭패군.'

곤란한 처지였다. 들어오는 공격 속도도 엄청나게 빨랐다. 한쪽 면은 막을 수 있지만 다른 한쪽 면은 공격을 허용할 수밖에 없으리라.

'검이 필요해.'

생각과 동시에 허리춤에서 청목검이 뛰쳐나왔다. 오른손으로는 장창을 들고 왼손으로는 청목검을 들었다.

쩌저저정!

회전하며 휘둘러지는 창검에 쏟아지는 경력이 폭발을 일으켰다. 온전하게 들어가는 공격들이 하나하나 막혀가고 있었다.

쉬이익! 퍽!

강비의 얼굴이 처음으로 일그러졌다.

날아와서 꽂히는 한 대의 화살. 화상이 입은 그 자리다.

끝까지 긴장했음에도 틈을 노리고 쏘아낸 것이다. 진기가 강성하여 뼈에 닿지는 않았지만 충분히 한쪽 팔에 이상을 불러일으킬 만한 공격이었다.

후우우웅.

설상가상이었다.

뒤쪽에서 훅 하고 끼쳐 드는 열기가 있었다.

혼신의 힘을 다한 기혼단주의 상천화염술이었다. 이 전보다 작지만 살벌함은 전혀 줄지 않은, 폭탄 같은 일 격이 몰아치고 있었다.

이번 한수에 본신의 주력을 대부분 쏟아부은 것.

강비의 눈이 무인 하나를 스치고 지나갔다.

그가 선 위치, 그의 자세, 그의 눈빛을 찰나지간 읽 어낸 강비다.

파악!

단전이 찢어질 듯 아프다. 억지로 속도를 내니 기혈 이 엉키는 느낌이지만 달리 수도 없었다.

장포 끝자락이 불에 탔지만 번개처럼 이동한 강비는 개의치 않았다.

그가 노린 한 명의 무인 앞으로.

청목검을 다시 납검하고 양손으로 사모창을 쥐며 휘 둘렀다. 광룡식 광룡무(狂龍舞)였다.

치리링! 쩌저정!

창과 도가 미친 듯이 얽혀들었다.

무인, 도객이 침음을 삼키며 물러났다. 제아무리 내 상을 입고 어깨에 화살을 맞았다지만, 휘몰아친 사모 창의 경력이 도객에게는 너무 강했던 것이다.

"갈!"

남은 네 명의 무인들이 후방을 노리며 공격한다.

물러난 도객을 미친 듯이 따라붙어 창대로 복부를 가격한다. 허를 찌른 일격이다. 창날이 아닌 창봉, 도객의 눈이 부릅뜨였다가 이내 천천히 감겼다.

퍼억!

강비의 등에 피가 튀었다.

어떻게든 보법을 이용해서 피해를 최소화하려 했지만 얽히고설킨 경력의 힘이 그의 등에 거미줄 같은 상처를 만들어냈다.

척추가 쪼개지지 않은 것이 다행.

경력은 계속해서 강비의 등을 뒤집어 놓았다.

그때, 강비의 눈이 섬광을 품었다.

푸화아악!

어느새 기절한 도객의 몸이 등 뒤의 경력의 틈바구니로 끼어들었다. 사태를 파악한 무인들이 무기를 거두었지만, 멱살을 잡고 던져 버린 강비의 손길이 너무 빨랐다.

카앙! 서걱!

도객의 칼과 몸이 걸레처럼 찢어지며 피 보라를 일

으켰다.

모두의 표정이 굳어진다.

나름 산전수전 다 겪은 무인들이었지만 이런 광경은 쉽게 보기 힘들다. 적도를 향한 공격이 아군 한 명의 몸을 난도질해 놓는다. 일대 충격일 수밖에 없다.

강비는 틈을 놓치지 않았다.

진각을 밟고 사모창을 던져 낸다.

퍼어억!

알아도 막기 힘든 비창의 일격이었다. 기다란 사모창이 검을 든 무인의 가슴을 뚫고 바닥에 박혔다.

피를 뿜으며 쓰러지는 무인.

남은 무인은 셋이다.

심신의 단련이 절정에 오른 무인들이라 하나 한 번 틈을 보인 그들의 눈은 당황을 숨기지 못했다. 강비의 양손이 자신의 가슴을 훑었다.

번쩍! 번쩍!

나아가는 빛살 네 줄기.

따아앙! 퍼억!

"크악!"

두 명의 무인은 비도를 막았지만 한 명의 무인은 그

러지 못했다. 하나는 옆구리에 박히고 다른 하나는 오른쪽 눈에 박혔다.

"이 잔인한!"

분노를 터트리며 제각기 병장기를 휘두르는 무인 둘.

이미 그들의 합격진을 깨트려 버린 강비다. 승부의 추가 기울어진 것이다.

그때였다.

'또 온다!'

무시무시한 사격.

전투를 거치며 한껏 예민해진 감각으로, 쏘기도 전에 그가 어디를 노릴지 파악해 낸다.

번개처럼 몰아치던 공격을 회수하고 부드럽게 뒤로 물러서니 두 명의 무인들이 당황한다.

강비가 후퇴한 곳은 옆구리와 눈에 비도를 맞은 무인이 있는 쪽이었다. 아직 죽지는 않았지만 중상을 입은 그다.

피유우웅!

다시 한 번 쏘아지는 화살.

한 대를 날리니만큼 그 어떤 때보다도 예리하고 빠른 사격술이었다.

강비의 손이 무인의 목덜미를 쥐었다.

퍼억!

화살이 무인의 머리를 뚫고 강비의 손에 잡혔다. 시체가 되어버린 무인의 머리가 아니었다면 잡지도 못했을 만큼 빠른 사격이었다.

"이노옴!"

"잔인한 놈!"

이 정도가 되면 철심부동의 무인이라 할지라도 별수가 없다.

강비의 몸이 흐르듯 움직이며 사모창을 쥐었다. 불끈 쥔 창대에 패왕기가 흐르고, 휘두르는 창격이 빈틈을 노려 댄다.

광룡식의 무자비한 무공에 두 명의 무인들이 피를 뿜으며 쓰러졌다.

차근차근 저쪽의 전력을 무너트리는 강비의 무공은 무척이나 잔인했고, 무척이나 살벌했다. 아무런 표정도 없이 사람 목숨을 잘도 채간다.

그래서 더욱 공포스러운 무공이다.

기혼단주의 얼굴이 한껏 일그러졌다. 처음 등장했을 때의 무표정은 이미 온데간데도 없었다.

강비는 냉정한 눈으로 기혼단주를 바라보았다.

절정고수 다섯과 기혼단의 술사들 열셋을 저세상으로 보내 버린 그다. 그도 꽤나 많은 피해를 감수해야 했지만, 죽은 이들의 면면을 본다면 피해 축에도 끼지 않는다.

"네놈……."

강비의 눈이 주변을 훑었다.

"또 오는군."

이곳으로 엄청난 수의 무인들이 쏟아져 들어온다.

싸우느라 집중을 못했는데, 그 수만 물경 백에 달한다. 하물며 곳곳에 익숙한 기운까지 느껴진다.

'개방.'

개방도들까지 온다.

수는 다섯에 불과하다.

하지만 개방임에도 조금 이질적인 기운을 잡아낼 수 있었다. 천리신개에게서는 느껴보지 못한 감각이다.

'동조 술법. 일혼주 그놈이 움직이고 있는가.'

그렇게밖에 판단할 수가 없다.

'제길, 어렵겠는데.'

그의 표정이 어두워졌다.

상대의 섬멸이라면 어떻게 해서든 몰아치겠지만 거기에 최대한 살려두어야 할 이들이 낀다면 또 달라진다. 말이야 거치적거리면 날려 버리겠다고 했으나, 그게 쉬운 건 아니었다.

저들은 죄가 없다.

있다면 무인이란 죄가 있을 것이며, 꼭두각시가 되어야만 했던 능력 부족의 죄가 있다는 것뿐.

무림인에게 있어 가장 큰 죄이지만 동시에 가장 억울한 죄가 될 수도 있음이다. 적어도 지금의 강비에게 있어서는 섣불리 건드리고 싶지 않은 이들이었다.

'별수 없지.'

최대한 전투를 치르되, 정 어렵다면 그때는······.

'모두 박살 낸다.'

강비의 눈이 다시 기혼단주에게 향했다.

확고한 전투 의지를 다지는 강비 앞에서는, 제아무리 기혼단주라도 스멀스멀 올라오는 공포를 막을 길이 없었다. 주춤주춤 물러나는 그의 발걸음에서, 초월자에 대한 공포심이 깃들었다.

파아앙!

나아가는 강비.

놀랍게도 기혼단주에게가 아니다.

적도들이 몰려오는 곳, 그곳을 향해서 나아간다.

하지만 방향만 같을 뿐, 그의 목적은 기혼단주도 다가오는 적도들도 아니었다.

바삭.

미세한 소리. 강비의 눈동자가 섬광을 발했다.

"하압!"

거센 기합성과 함께 그의 좌수가 번개처럼 전방을 때렸다.

콰앙!

사사삭!

급박하게 움직이는 신법이다. 놀라운 경지, 신법의 자유로움이 구름을 노니는 학과 같았다.

궁사다.

숨어서 지금까지 강비에게 난전을 선물하던 그 궁사인 것이다.

파바바박!

짧은 거리를 급속도로 이동하는 전투 보법.

그 전투 보법인 투신보를 신법마냥 펼쳐 내 궁사와의 거리를 좁히는 그다. 내공 소모가 무척 크겠지만,

이후에 벌어질 전투를 생각하면 상당한 내공을 소모하더라도 궁사부터 잡고 보는 게 이로우리라 판단한 것이다.

궁사의 움직임이 급박해졌다.

강비의 신형이 궁사의 뒤를 잡고 있을 때.

피융! 피융!

두 발의 화살이 번개처럼 강비를 향해 나아갔다. 더이상 쫓아오지 말라는 위협사(威脅射)였지만 가볍게 보면 몸통에 꽂힐 만한 위력은 충분했다.

따다당!

한 번 휘둘러 화살들을 쳐낸다.

강비의 좌수가 가슴을 훑었다.

번쩍!

다시 한 번 나아가는 비도.

시위를 튕겨내는 화살보다도 더 빠른 속도였다. 빛살과도 같았다. 패왕진기를 한껏 쏟아 넣었으니 그럴만도 했다.

궁사의 얼굴에 경악이 어렸다.

퍼어억!

"악!"

궁사가 비명을 지르며 땅을 굴렀다.

그의 왼쪽 어깨 깊숙하게 박힌 비도다. 뼈까지 가를 만큼 깊게 박혔다. 비록 목숨을 앗아가진 않았지만 저 래서야 화살을 날리기는 무리다.

두두두.

마치 수백 마리의 전마(戰馬)가 들이닥치기라도 하 는 것처럼.

저 아래에서부터 먼지가 피어오른다. 백에 이르는 적도들이 무시무시한 속도로 다가오는 것이다.

이제는 육안으로도 보일 정도.

적도들을 내려다보는 강비의 눈에 스산한 살기가 어 렸다.

"와라!"

짧고도 강렬하던 일차 전투가 끝난 이후.

이제는 배는 더 어려워질 이차 전투가 시작되고 있 었다.

*　　　　　*　　　　　*

벽란은 재빠르게 주변을 살폈다.

아무것도 변한 것이 없다. 태산의 산세다. 추운 겨울바람이 나무들을 할퀴고 얼어붙은 동토는 발을 딛기도 힘들 지경이었다.

하지만 벽란은 무언가가 달라졌음을 느꼈다.

동악묘가 이제 멀리서 눈으로 보이지만 여전히 어느 정도의 거리가 있다. 지금까지 달려온 속도로 나아간다면 금세 도달할 거리겠지만, 발목이 잡히면 언제 도달할지 알 수 없는 거리이기도 했다.

"나오세요."

벽란의 보이지 않는, 그러나 모든 것을 간파하는 심안이 허공을 향했다.

'결계다.'

결계 안의 또 다른 결계. 이중 결계였다.

이만한 결계 술법을 펼칠 수 있는 자, 결코 많지가 않다. 십대혼주 중 일혼주와 삼혼주가 아니라면 흉내조차 내기 힘들 것이다.

하지만 초혼의 술력이 느껴지지 않는다.

어디서 한 번 느껴본 기운. 그러나 결코 호의적으로 볼 수 없는 기운이다.

사라락.

범부가 본다면 기겁할 수밖에 없는 장면이었다.

허공 높은 곳에서.

공간을 젖히고 나오는 한 사람이 있었다.

"오랜만이오."

독특한 복장. 작으면서도 화려한 의관까지 갖춘 자.

영왕문의 소문주 공령이었다.

벽란의 입가에 차가운 미소가 어렸다.

"이렇게 만나는군요."

적으로서.

벽란의 손에는 언제 꺼내 들었는지 두 장의 부적이
모습을 드러내고 있었다.

공령의 얼굴은 별다른 변화가 없었다. 다만 침중한
눈빛으로 그녀를 내려다볼 뿐이다.

"놀랍구려."

"오지 않으면 내가 먼저 가겠어요."

서릿발처럼 차가운 말투였다. 온정이라고는 하나도
찾아볼 수가 없다.

공령의 얼굴에 착잡함과 섭섭함이 맴돌았다.

"당신은 내가 왜 여기에 결계를 쳐두었는지 궁금하
지 않으시오? 아니, 나와 다시 만났거늘 부적부터 꺼

내 드는 것이오?"

"전투를 하든 말든, 어쨌든 나를 막겠다는 의지를 느꼈는데 왈가왈부할 필요가 있나요?"

이미 전투 의지를 이끌어내는 벽란이다.

그 아리따운 외모 속에 어찌 이런 살벌한 기도를 숨기고 있었는지, 본신의 주력을 완연하게 개방한 벽란의 주위로 은은한 바람이 일 정도였다.

공령은 잠시 말이 없다가, 다시 입을 열었다.

"틀렸소."

"……?"

"나는 당신을 막으려고 온 것이 아니오."

"그렇다면?"

"당신을 데려가기 위해 온 것이오."

벽란의 입가에 조소가 깃든다.

"나를 데려가시겠다?"

한 점의 호의도 찾아볼 수 없는 말투다. 이전의 인연을 하나, 하나 벗겨내는 그녀 앞에서 공령의 얼굴이 갈수록 어두워지고 있었다.

"내 할 일이 산재해 있지만 이번 일혼주의 부탁을 거절할 수가 없었소. 언제든 본문의 술사들을 이곳으

로 불러낼 수 있는 결계를 쳤지만 설마 당신이 올 줄이
야 상상도 못했소. 해서 내가 직접 온 것이오. 그리고
당신을 만나는 지금, 나는 확신했소. 내가 직접 온 것
이 다행이라고. 당신을 데려가야만 한다고."

"능력이 된다면."

"봉신안의 술법을 풀고 눈을 뜨시오. 눈을 감았다고
사리마저 어두워진 것이오? 이래서는 안 되오. 당신이
배운 공부들은 모두……."

"더 이상의 대화는 불필요하겠군요."

화르륵!

두 장의 부적이 빛살처럼 돌아가며 공령에게 쏘아졌
다.

진짜로 죽일 기세다. 일격필살의 부적술이었다.

그 살벌한 부적술에, 공령의 얼굴도 그 어느 때보다
크게 굳어지고야 말았다.

콰아앙!

허공에서 커다란 폭음과 함께 청색의 화염이 확 일
어났다.

상천화부의 술에서도 완전한 경지에 올라서야만 펼
칠 수 있다는 청린마화(靑燐魔火)의 지옥불이었다. 강

철조차 녹여 버릴 만한 극한의 온도 속에서, 제아무리 대단한 결계라도 흔들리지 않을 수 없을 터.

파사삭. 우우웅!

허공이 일그러지고 있었다.

마치 눌어붙은 철판처럼 보기 싫은 흠이 나 있었다. 놀라운 광경이었다.

공령은 두 손을 거칠게 휘둘렀다.

화아악!

바람이 일며 시퍼런 마화가 점차 가시기 시작했다.

"정말 이렇게 나오겠다는 거요?"

그의 몸이 희미한 빛무리에 휩싸였다.

껌뻑이는 불빛. 청린마화의 화려한 청색과는 달리 어딘지 모르게 어두운 청색이었다.

벽란의 입에 조소가 깃들었다.

"영력(靈力)으로 만든 가신(假身). 진신(眞身)의 실력으로도 날 넘어서지 못할 텐데, 한낱 가신으로 날 상대하려 했나요?"

영력의 가신.

제아무리 대단한 결계라도 먼 거리에 있는 사람이 공간을 뚫고 이 자리에 나타날 수는 없는 법이다. 일혼주 반혼 정도의 상식을 초월하는 시공술법이라면 혹 가능할는지 모르겠지만, 설령 그것이 가능하다 해도 육신을 옮기는 목표 자체의 힘이 대단하지 않다면 진짜 몸을 자력으로 이끌 수 없다는 것이다.

공령 역시 그렇다.

그의 술법 경지는 분명히 대단한 것이었지만 아직 일혼주에 비한다면 손색이 많았다. 당연히 진짜 육신을 이곳에 옮길 수는 없었다.

하지만 공령은 가만히 웃었다.

상대에 대한 안타까움과 스스로의 대한 자부심이 넘치는 미소였다.

"내 가신만으로도 충분히 당신을 상대할 수 있……."

그때였다.

퍼석.

돌가루 깨지는 소리와 함께 공령의 왼손이 바닥으로 툭 떨어졌다.

공령의 눈이 부릅 뜨였다.

'이것은?'

퍼석. 퍼석.

왼손이 떨어진다 싶더니 이내 팔뚝이 여러 조각으로 뚝뚝 떨어진다. 그럼에도 피는 나오지 않는 게 신기하달까.

벽란은 더 이상 심안으로 그를 살피지 않았다.

그저 당당한 걸음으로 나아가는 것이 전부였다.

"잠깐! 기다⋯⋯."

왼팔 전체가 떨어진다 싶더니, 이제는 두 발이다.

없어지는 속도가 점차 빨라지고 있었다. 영력으로 만들어낸 가신이 빠르게 붕괴를 거듭한다. 기괴한 광경이었다.

공령의 얼굴이 일그러졌다.

'이럴 수가!'

벽란의 실력을 너무 얕본 것일까?

아니다. 얕보지 않았다. 다만, 이 정도로 엄청난 주력을 선사할 수 있는 실력인지는 파악하지 못했다. 물론 그것이 결국 얕본 것이겠지만.

'내 가신을 부적 두 개로 붕괴시키다니?!'

영왕문의 소문주로서, 본신의 주력은 이미 문주와 맞먹는다 해도 과언이 아니다. 술법사로서의 깨달음이 부족할 뿐, 영력 자체의 힘은 누구에게도 뒤지지 않는다고 자부했다.

그의 생각은 틀리지 않았다.

분명 그의 영력은 방대했고 강인한 것이었다.

다만 벽란의 주력이 상식을 초월할 만큼 무서웠을 뿐이다. 단 두 장의 부적으로 공령의 영력을 단번에 허물어트릴 만큼 막강했던 것뿐이다.

'천재……..'

초혼방 제일의 천재.

십대에 이미 방내 술법 절반을 깨우쳐 낸 희대의 여걸.

벽란의 힘은 그와 같았다. 특히 일 년에 가까운 모진 수련의 결과, 이미 그녀의 경지는 공령을 한참이나 초월하여 위에서 내려다볼 수준으로 진화한 것이다.

이 정도 술법이면 누구도 막을 수 없다. 설사 일혼주 반혼이라 해도, 멀쩡하지 않은 상태에서는 생사를 장담하기 어려울 것이다.

공령은 나직이 탄식했다.

"벽란… 그대는 도대체……."

하체가 사라지고 상체까지 허물어지며 이내 그의 목은 물론 입까지 사라졌다.

가신이 대번에 사라질 만큼의 충격이라면 본체 역시 큰 타격을 입을 것이 당연함에도, 그는 완전히 사라질 때까지 벽란의 뒷모습에서 눈을 떼지 못했다.

　그렇게, 벽란은 과거의 연을 모조리 끊어내며 전진하고 있었다.

4.
태산광룡전(泰山狂龍戰) 三

빠르게 달려 나가는 등효다.

그의 신법은 무척이나 역동적이었다.

그 커다란 덩치, 혼신의 힘을 다해 신법을 펼치니 장관도 그런 장관이 없었다. 그저 존재하는 것만으로도 감탄을 자아내게 하는 것이다.

'저 멀리서 기운이 느껴졌어.'

압도적인 화기(火氣).

하지만 어딘지 모르게 신비로운 기도가 서려 있는 화기였다.

'벽 소저다.'

벽란 역시 한 번의 전투를 치렀다는 것이다.

등효는 속도를 올렸다.

파아아악!

공기를 한껏 찢어발기며 나아가니 어느새 이중 결계 앞이다. 등효는 눈을 크게 치뜨며 허공을 바라보았다.

'놀랍군.'

허공이 일그러져 있다.

눈으로 보는 마땅한 광경일진대, 마치 눌어붙은 철판처럼 보기 싫게 일그러져 있는 것이다. 놀라운 광경이다.

'지금은 저런 걸 볼 때가 아니지.'

어쨌든 별다른 위협은 없는 듯했다.

등효의 몸이 재빠르게 이중 결계를 넘어갔다.

*　　　　*　　　　*

벽란은 주변을 살폈다.

'동악묘.'

사당이다.

역대 황제들이 봉선의식을 거행했다는 곳. 태산부군을 모시는, 중원에서 손가락에 꼽힐 만큼 유명한 사당에 도달한 것이다.

'어디지?'

아무리 살펴도 어디에 거처를 마련했는지 알 수가 없었다.

그녀의 표정에 결심이 서렸다.

'별수 없지.'

어차피 일혼주는 지금쯤 모든 상황을 깨우쳤을 것이다. 벽란의 진짜 실력에 대해서도 잘 알고 있을 것이다. 이미 공령의 가신을 강제로 없앴을 때부터, 반혼 역시 이곳의 상황을 정확하게 꿰뚫어 보았을 터.

다 아는 사람들끼리 더 이상 숨기는 것도 시간 죽이는 짓이다.

그녀는 주력에 집중했다.

고운 입술을 빠르게 달싹이며 알아듣기 힘든 언어를 내뱉는다. 중원의 언어가 아닌, 이미 사라져 버린 고대의 언어들이 빠르게 흘러나오고 있었다.

우우웅.

그녀의 몸에서 신비로운 기도가 흘러나온다 싶은 순간.

퍼뜩!

사방 수십 리를 살피는 그녀의 심안이 일혼주가 거하는 곳을 정확하게 잡아냈다.

'저기다!'

동악묘에서 제법 떨어진 거리. 하지만 동악묘, 만민의 국기(國氣)를 받기에는 모자람이 없는 곳에 반혼의 기척이 느껴졌다.

초혼방의 술사들끼리 서로의 위치를 확인하기 위해 익히는 초혼사법(招魂邪法)이었다.

벽란의 신형이 화살처럼 튀어 나갔다.

'또 다른 결계!'

결계가 또 있다.

진짜 결계다. 그 어떤 결계보다도 단단한, 철옹성과 같은 영역이 심안에 잡혔다. 시간과 공간을 다루는 초월적인 술법사, 일혼주다운 솜씨였다.

'하지만.'

지금의 벽란에게, 이 정도 결계는 힘이 들지언정 파괴가 불가능하지 않은 수준이었다.

그녀의 고운 손가락 사이로 네 장의 부적이 잡혔다.

맵시 있게 옷을 입었음에도 도대체 어디에 부적을 그리 숨겨놨는지, 참으로 신기한 일이다.

피유우웅!

마치 화살을 쏘아낸 것처럼 거리를 격하고 나아간 부적 네 장이 대번에 결계의 사방을 붙잡았다.

지지직!

네 장의 부적에 은은한 뇌기가 일었다.

사방금기와는 다르다.

사방진공(四方震空)이었다. 우레의 힘을 부적에 투영하여 공간 자체를 일그러트리는 뇌진(雷震)의 술수였다.

꽈르릉!

한 장, 한 장에 술법 하나를 펼칠 만한 주력이 깃들어 있다. 하물며 벽란이 쏟아내는 주력이었다. 그만한 부적 네 장이 있으니 제아무리 대단한 결계라도 뿌리부터 흔들릴 수밖에 없었다.

벽란의 손가락이 결계를 향했다.

빠르게 펼쳐지는 주문.

후우웅.

그녀의 손가락에서 파도가 치는 환상이 일었다.

거대한 수기(水氣)가 순식간에 맺히고 있었다. 주변에 습기가 차오른다. 엄청나게 빠른 집기(集氣)였다.

파아악.

눈으로 보일 만큼 송골송골 맺힌, 수를 헤아리기도 힘든 물방울들이 결계 위로 통째로 내려앉았다.

사방진공, 뇌진의 기운이 퍼지는 건 순간이었다.

콰지지직! 퍼엉! 퍼엉!

결계 곳곳에서 폭음이 터졌다.

음과 양의 조화. 뇌진의 수법이란 술법계에서도 가장 파괴적인 힘으로 악명이 높았다. 그런 수법인만큼, 결계를 부수는 데에도 가장 손쉬운 방법이다.

콰르르릉!

하늘 높은 곳에서 천둥번개라도 치는 듯했다.

가까이 다가가면 영문도 모른 채 고막이 터질 것 같은 소리였다. 소리 자체만으로도 공간이 일그러질 것 같았다.

콰콰쾅!

아래에서부터 붕괴되는 결계.

한 층, 한 층 올라오는 파괴였다.

하지만 절반 정도의 붕괴 이후에는 다시 결계가 단단하게 여물었다.

일혼주의 결계력은 실로 대단해서, 백 단위의 사람들을 몰살시킬 수 있는 광역 술법으로도 완전한 붕괴가 되질 않았다.

그러나 충분하다.

절반의 붕괴라지만 들어서기에 넘치고도 남는다. 이미 결계 내적으로 맴돌던 요기까지 박살 났을 터, 결계 안에서 싸우는 이점조차 앗아가 버린 셈이다.

그렇게 벽란이 결계로 들어서려 할 때였다.

"놀랍군."

결계 안에서부터.

한 명의 초로인이 뒷짐을 쥔 채로 천천히 걸어나오고 있었다.

다소 파리한 안색. 눈동자는 살짝 충혈이 되었지만 무표정한 얼굴은 그대로였다.

온몸에서 이는 기도가 실로 무서우리만치 역동적이지만 반대로 제대로 갈무리가 되지 않아 그의 상태를 단적으로 증명해 주고 있었다.

벽란의 심안이 살짝 요동쳤다.

눈앞에 나타난 자.

가신도 아닌, 진신이다. 진짜 술사가 모습을 드러낸 것이다.

"일혼주."

"어느 정도 성장한 줄은 짐작하고 있었다만, 이만큼이나 대단한 술사가 되었을 줄이야."

반혼이었다.

반혼의 입에서 나오는 감탄사는 순수했다.

꼬맹이 시절 때부터 술법을 가르쳐 주었던 수많은 스승들 중 하나가 반혼이다.

그런 반혼의 눈에, 이제 귀엽고 하얗기만 하던 꼬마는 온데간데없고 자신의 생명까지 위협할 만한 거대한 맹수가 보이고 있었다.

"놀라운 성취야. 이 정도일 줄은, 정말 상상도 못했는데 말이다."

요동치던 심안이 바로 잡힌다.

상대, 반혼의 육신을 제대로 보는 벽란이다. 그녀의 입이 열렸다.

"제 상태가 아니로군요. 끊임없이 미약한 술력이 결

계 안쪽으로 흐르고 있어요."

벽란의 새하얀 주먹이 꾹 쥐어졌다.

"정말로, 당신은 서문 노인을 강시로 만들 생각이로 군요."

반혼의 눈에 순수한 놀라움이 깃들었다. 아니, 경악 이라고 봐야 옳겠다.

지금까지 살면서 자신이 의도한 것을 꿰뚫어보는 자, 초혼방주를 제외하고는 본 적이 없었기 때문이다.

"그것을 어떻게……?"

끌리는 말 뒤편에는 숨길 수 없는 당혹감이 엿보였 다.

벽란의 양손에 각기 다섯 장의 부적이 모습을 드러 냈다.

"시간이 없군요. 빨리 당신을 처리하고 서문 노인의 족쇄를 풀어야겠어요."

오랜만에 만난 두 사람.

하지만 한 명은 계책이 붕괴되질 원하지 않고, 다른 한 명은 계책을 붕괴시키기 위해 이곳까지 왔다.

할 이야기가 산더미일 것이 분명하건만, 두 사람 사 이에 부는 바람은 차갑기만 했다.

"…그래. 말은 필요치 않겠지. 나는 그저 사문의 배신자에게 죽음의 철퇴를 내려주면 그뿐이겠지."

사문의 배신자.

누가 들어도 가슴이 아플 단어이며, 누가 들어도 분노해 마땅할 단어였다.

그럼에도 벽란은 한 치의 흔들림이 없었다. 이미 스스로의 운명을 받아들인 그녀였다.

누가 건네어준 운명이 아닌, 스스로 선택한 운명이기에 더욱 당당한 기세다.

"하지만 싸우기에 앞서, 하나만 물어보자."

"……."

"광풍의 군신. 파천군신의 예언을 정녕 사실이라고 믿는 것이냐?"

벽란의 눈썹이 꿈틀거렸다.

본디 반혼, 일혼주는 이런 것을 묻는 자가 아니었다. 특히나 이런 상황이라면 문답무용, 술법부터 전개하고 보는 것이 반혼이라는 작자다.

그럼에도 묻는다.

어째서?

'술력을 모으기 위해서!'

파아악!

심안에도 경지가 있다면, 이미 그녀의 심안은 그 술법만큼이나 지고한 경지에 오른 상태였다. 제아무리 상대가 막강한 일혼주라 해도 그의 의중을 보는 것에 아무런 문제가 없다는 것이다.

벽란의 부적 열 개가 곡선을 그리며 반혼의 주변으로 내려앉았다.

각기 녹, 적, 청, 황, 흑의 색깔로 빛나는 부적들이었다.

오행(五行)의 빛깔. 그것도 두 개의 술법을 연이어 펼쳐 내는 벽란이다.

반혼이 짧게 외쳤다.

"오행소혼진(五行燒魂陣)?!"

부적으로 오행소혼진을 펼치는 것만으로도 기겁할 정도이거늘, 그것도 두 개를 연달아 펼쳐 내고 있었다. 천하의 반혼이라도 놀라지 않을 수 없었다.

후우우웅.

거대한 나무가 뿌리를 내리고 그 위로 불길이 치솟는다. 치솟는 불길이 스러지면 폭포수가 쏟아지고, 쏟아지는 폭포수에 지진이 일며, 막강한 지진 이후에는 거대한 강철의 구가 완전한 봉인을 시작한다.

오행소혼진.

술법계에서도 절대봉인술이라 불리는 삼대금술보다는 한 수 처지지만, 상대의 혼까지 소멸시키고 영원히 봉인하여 저승에도 가지 못한 채 망령(亡靈)으로 만들어 버린다는, 그야말로 죽음의 술법이 펼쳐지고 있었다.

"갈!"

거친 소리와 함께 반혼의 두 팔이 쫙 벌어졌다.

양손에서 퍼지는 흑색의 기류.

암형술진으로 만들어내는 먹구름과는 전혀 다른 빛의 어둠이었다. 마치 그의 일그러진 영혼을 보는 듯, 섬뜩한 흑색 기류가 오행소혼진의 술력을 태우며 단단하게 붙들고 있었다.

벽란은 입술을 깨물었다.

'흑주괴박(黑柱塊搏)의 술(術)!'

오행소혼진에 전혀 밀리지 않는 술법이었다. 광역 술법으로는 오행소혼진이 앞서지만, 흑주괴박술은 작지만 확실한 주박(呪搏)으로 술법의 전개 속도까지 영향을 줄 수 있다.

콰드득!

아리따운 오행의 빛깔이 주춤거린다.

술법진의 중추가 흑주괴박에 잡힌 것이다.

그 거대한 주력으로 천천히 내리누르고는 있지만 대번에 박살 내야 할 술법진의 힘이 새어 나가고 있는 것이다.

'역시 일혼주.'

저렇게 지친 몸으로 찰나지간 흑주괴박술을 두 차례나 펼쳐 낸다. 과연 초혼방 내에서도 세 손가락 안에 꼽힐 실력자, 대혼주라는 칭호가 어울리는 대술사였다.

'이래서는 안 돼.'

한손을 뻗어 오행소혼진을 붙들고, 다른 한손에 영롱한 부적 하나를 쥐는 그녀였다.

쩌어엉!

신비로운 빛을 머금은 부적 주변으로 순식간에 서리가 끼었다.

반혼의 눈이 굳어졌다.

파아악!

주변으로 압도적인 빙기(氷氣)를 군사처럼 거느린

부적이 반혼이 선 땅으로 내려앉는다.

쩌저저적!

순식간에 얼어붙는 주변 환경.

빙기의 흐름이 엄청나게 빠르다. 주변을 통째로 얼려 버릴 것 같은 무시무시한 한기가 회오리치고 있었다.

더 놀라운 것은 한기의 영역이었다.

술법에 피해를 전혀 주지 않는 선에서, 오로지 반혼의 하반신만을 노리고 나아간다.

자신의 술법을 완벽하게 제어하지 않고서는 꿈도 꿀 수 없는 광경이었다. 중원에 숱한 술법사들 누구도 감히 도달하지 못했던, 천외천의 경지를 보여주는 벽란이었다.

파삭.

반혼의 발을 통하여 올라가는 빙기.

하지만 벽란의 수법이 아무리 대단해도, 반혼 역시 그냥 당해줄 만큼 녹록한 상대가 아니었다. 정상이 아니더라도 그는 일혼주다.

후우우웅. 콰직!

벽란의 입에서 신음이 흘러나왔다.

다리 하나를 들고 그대로 땅으로 내리찍으니 그곳에서부터 시커먼 기류가 뭉클 솟아나와 빙기의 흐름을 막아간다.

'다리로?!'

양손이 아닌, 다리로 술법을 펼치는 광경이었다.

대저 무공이든 술법이든 사람이 펼치는 것이다. 유독 손을 많이 쓰는 이유는 바로 장심(掌心)의 대혈이 거기에 있기 때문이다.

인간이 태어나고 자라 가장 익숙하게 받아들일 수 있는 혈도가 손에 있다는 것이다.

반혼은 그런 경지마저도 넘어섰다.

상식으로 판단할 수 있는 남자가 아니다. 더군다나 다리로 펼친 흑주괴박술까지 치면, 그는 총 세 개의 흑주괴박으로 벽란이 펼쳐 낸 모든 술법을 원천봉쇄해 버린 격이다.

무시무시한 능력이다. 제 상태가 아닌지라 시공의 술법을 구사하진 못하지만, 이것만으로도 중원 천하에 당적할 만한 술사들이 없어 보인다.

흑주괴박에 걸린 빙기가 천천히 그 기세를 잃어갔다.

벽란의 손이 다시 한 번 움직인 것은, 그 빙기가 점차 자신의 기운을 한계까지 소멸시켰을 때였다.

화르륵!

반혼의 시선이 하늘로 올라갔다.

'저건!'

그의 얼굴이 일그러졌다.

하늘 높은 곳, 찬연한 태양빛을 받아 붉게 달아오른 부적 하나가 이곳을 굽어보고 있었다.

사라라락.

주변에 화기를 형성한 부적이다. 그럼에도 타지를 않는다. 놀라운 광경이었다.

피유웅!

그 부적이 화살처럼 반혼에게 쏟아졌다.

상상을 초월하는 화기(火氣)였다. 일전 상천화부의 술, 청린마화보다도 화기의 농도가 더 짙다. 그야말로 태양이 떨어져 내리는 것만 같았다.

"축융강림(祝融降臨)!!"

반혼의 입에서 경악성이 흘러나왔다.

축융강림.

상천화부의 술을 넘어선, 화염술법의 최고봉이 반혼

에게로 쏟아지고 있는 것이다.

멀쩡한 상태에서도 제대로 준비를 해야 받아낼 수 있을 최강의 술법이, 제 상태에도 아닌 데에다가 온갖 술법으로 술력을 낭비하는 지금 떨어지고 있다.

'별수 없다!'

찰나지간 흑주괴박술을 거두는 반혼이었다.

오행소혼진이든 빙기의 부적이든 어떻게든 버틴다면 버틸 수 있지만, 저 축융강림의 부적은 다르다. 일격만 허용해도 재가 된다. 신이자 악마의 불길은 육신을 넘어서 영혼까지도 소멸시키는 힘을 가졌다.

콰르릉!

일순간 펼쳐지는 오행소혼진과 빠르게 퍼지는 빙한의 기운, 그리고 하늘 높은 곳에서 쏟아지는 축융의 화신기(火神氣)까지.

이 땅이 세상에 모습을 드러냈을 때부터, 지금과 같은 무시무시한 술법의 연계기가 나타났던 적이 또 있을까 싶었다. 그야말로 막강한 술법이 연달아서 한 영역을 박살 내고 있었다.

콰아아앙! 콰르릉!

폭음이 연신 터졌다. 그 위로 엄청난 온도의 불길까

지 이니, 음과 양, 오행이 맞물려 술력의 크기를 키운
다.

술법의 폭탄과도 같다.

저 멀리로 물러선 벽란의 얼굴이 순식간에 창백해졌
다.

'너무 무리했어!'

그녀의 코에서 피가 흘러나왔다.

오행소혼진과 빙기술법까지는 감당할 수 있지만, 축
융강림의 술은 멀쩡할 때도 쉬이 펼치기 힘든 신기의
부적술이었다.

그나마 화력을 축소해서 이 정도지, 진정한 축융강
림을 펼쳤다면 술법이 전개되기도 전에 육신부터 산산
이 터져 나갔을 것이다.

거대한 파괴의 현장은 보는 것만으로도 장관이었다.

온갖 색채의 빛무리가 터지며 그 위로 시뻘건 광채
가 하늘까지 솟구치고 있다. 절대로 꺼지지 않을 축융
의 불길, 화신의 불길이었다.

"이제 내 차롄가."

벽란의 심안이 목소리의 근원지를 찾아냈다.

폭발의 중심지에서 한참이나 벗어난 곳이다. 그곳에

서, 좌반신 전체가 화상으로 일그러진 반혼이 나타났다.

심한 상처다. 그럼에도 표정에는 변함이 없었다.

달라진 것이라면 타지 않은 머리카락이 새하얗게 세었다는 것, 그리고 기도가 훨씬 더 불안정해졌다는 것 정도다.

하지만 놀랍다. 그걸로는 죽지 않았던 것이다. 어떻게든 술법 연계를 피해낸 것이다.

'어떻게?'

반혼이 벽란의 술법에 놀랐다면 이제는 벽란이 반혼에게 놀랄 차례다.

기습적으로 펼친 오행소혼진을 막기 위해 흑주괴박의 술까지 펼친 반혼 아니던가.

저렇게 피할 수 있었다면 진즉에 피하지 굳이 술력을 소모해서까지 흑주괴박을 펼칠 이유가 없는 것이다.

하지만 동시에, 벽란은 깨달았다.

그녀의 깊고 깊은 심안이 반혼의 내부를 훤히 들여다본 것이다.

'원정(原精)이구나!'

생명의 근원.

끊임없이 생기를 일으키는, 사람이라면 누구나 가지고 있는 생명 그 자체의 기운을 끌어다가 쓴 것이다. 반혼의 머리카락이 새하얗게 센 데는 이유가 있었다.

원정인기(原精引氣)의 술수.

술법계에서, 그 막나가는 초혼방에서조차 금기시되는 최후의 한 수다.

'하지만 완전하진 않아.'

불행인지 다행인지, 원정인기를 완벽하게 끌어쓸 만한 여력이 부족했던 반혼이다. 덕택에 모든 생명력을 소진하지 못했고, 절반의 힘을 끌어다 썼을 뿐이다.

수명의 절반이 줄었다. 하지만 당장 폭주해서 죽지는 않는다는 뜻이다.

반혼의 손이 벽란을 가리켰다.

섬뜩한 감각을 느낀 그녀가 재빠르게 몸을 이동시켰다.

콰아앙!

하늘 높은 곳에서 내리 꽂히는 번개.

말 그대로 마른하늘에 날벼락이나 다름이 없다. 어떠한 주도 외지 않고 맨땅에 번개를 불러내는 능력이다.

소모된 술력이, 원정인기로 채워지기 시작한 것.

그 말인즉, 잠깐이나마 반혼은 본래의 제 힘을 온전하게 구사할 수 있게 되었다는 뜻이었다.

"이렇게 될 줄은, 진심으로 몰랐다. 하지만 별수 없겠지. 할 일도 끝마치지 못하고 죽는다면 주군께 폐가 될 터, 나의 생명력을 소진시키게 된 걸 후회하게 만들어주마."

수명을 줄였음에도 크게 분노하지는 않는다. 조용한 분노, 얼음의 불길이었다.

벽란은 등 뒤로 맨 신검을 쥐었다.

본신의 술법만으로는 지금의 반혼을 당해낼 수가 없다. 천라검의 힘이라면 큰 도움이 될 것이다.

그렇게 천하 어디에도 없을 신비로운, 그리고 소름 돋는 술법사들의 싸움이 재개되고 있었다.

＊　　　　＊　　　　＊

"저기로군."

담담한 말 한마디 속에 측량하기 힘든 기도가 흐른다.

추운 겨울임에도 도복 한 자락만 걸친 도사.

허리춤에는 매화검이 매여 있고, 바람결에 흘리듯 풀어헤친 머리카락이 묘한 운치를 자아낸다.

옥인이었다.

장천은 그의 시선을 따라 태산 자락에 시선을 던졌다.

정확히 어떤 사태가 벌어지고 있는지 알 수는 없다.

장천의 성장은 눈이 부신 것이지만 아직 옥인과 비할 수는 없었다. 옥인의 경지는 이미 자파의 원로고수들조차 혀를 내두를 만한 경지였기 때문이다.

하지만 느낌이 온다.

불온한 느낌. 다가가기 껄끄러운 기운.

그리고 은은하게 풍기는 피 냄새까지.

"전투로군요."

"맞아. 하지만 싸움이 삼파전으로 벌어졌다. 하나의 기운은 어디서도 보지 못하는 신비로운 기다. 술법이야. 아마 벽 소저가 싸우는 중이겠지."

"다른 둘은요?"

"하나는 모르겠어. 모르겠지만 대단한 기도야. 나로서도 승부를 장담하기 힘들겠는데."

장천이 놀란 눈으로 옥인을 바라보았다.

"그 정도로 대단한 고수가 있단 말인가요?"

옥인은 멋쩍은 듯 웃었다.

"내가 감당하기 힘들지도 몰라. 강하긴 엄청 강하군. 그리고 다른 한 곳의 기운은……."

그의 눈이 유독 반짝였다.

익숙한 기도였기 때문이다. 하지만 동시에 익숙하지 않은 기도이기도 했다.

"강 형이다."

그의 입에서 감탄이 흘러나왔다.

강비의 것으로 추측되는 기도, 그 기의 방출량이 어마어마했던 것이다. 이토록 멀리 떨어져 있음에도 뒤로 확 밀려날 만큼 막강한 힘을 발산하고 있었다.

붉은색 광채를 여지없이 휘두르며 혈풍을 일으키는 자.

한 마리의 적룡(赤龍)이자 미쳐 날뛰는 광룡이었다.

"근데……."

옥인은 입을 꾹 다물었다.

"안 되겠다. 일단 가야겠어."

"어디부터 갈까요?"

"술사들의 싸움에는 알 수 없는 자가 도우러 가는 것 같아."

"적이 아니라요?"

"응. 아닐 거야. 뿜어내는 기도에 급박함이 있거든. 한 점의 악기(惡氣)도 없어. 분명 강 형이 데리고 온 일행일 거야."

기만으로 성향을 읽고 마음을 읽는다. 그것도 이토록 먼 거리에서.

장천은 감탄한 얼굴로 옥인을 바라보았다.

언제 보아도 그의 능력은 경이적이었다. 얼마나 더 피를 쏟고 뼈를 깎는 수련을 쌓아야 옥인만큼의 경지에 오를 수 있을지, 감도 잘 오지 않았다.

"문제는 강 형이야. 자칫 잘못하면 위험해지겠어."

"위험하다고요?"

"응. 적들이 많거든."

옥인이 검병을 옆으로 밀쳤다.

"자, 어서 가자."

"예!"

파아아악!

바닥을 박차고 날아오르는 두 마리 젊은 용.

희대의 광룡을 만나러 가는 검룡(劍龍)과 잠룡(潛龍)의 발걸음은 유난히 빨랐다.

＊　　　　＊　　　　＊

터어엉!

한 명의 무인을 발로 차서 날려 버린 강비는 가볍게 숨을 골랐다.

'상당히 피곤하군.'

주변을 둘러보는 강비의 눈동자가 유독 차가웠다.

섣불리 다가오지 못하는 이들.

술사들이 아니다. 초혼방의 영역이라 술사들이 대거 투입이 될 줄 알았는데, 이들은 모두가 무인이었다.

문제는 무인들의 수준이 지극히 높다는 것.

일전, 천랑군주와 유령군주가 끌고 온 철마단에 비

견할 만한 전력이었다. 어떤 무공인지는 정확하게 알 길이 없지만 분명 수준도 높았다.

게다가 저 멀리서 팔짱을 끼고 이곳을 보는 이들 셋.

각기 검을 찬 노인들이었는데 한 명, 한 명의 기세가 실로 출중하다.

세 사람과 동시에 붙는다면 근소하게나마 이길 자신은 있지만, 이런 난전에서 은밀하게 공격을 가하면 목숨이 위태로울 것이다.

'젠장.'

욕설이 절로 나올 상황이었다.

저 세 명의 검도 고수까지 합하면, 강비만 한 고수가 한 명 더 있더라도 힘들 싸움이었다.

그는 사모창을 바닥에 꽂았다.

부르르.

창대가 떨려온다.

포기하는 것일까?

그렇지 않다.

그는 허리춤에서 청목검을 꺼내 들었다.

시린 태양빛을 받아 녹청의 색채로 빛나는 검이었다.

창이 워낙에 익숙해 지금껏 창을 썼지만, 실제 강비는 검과 창, 어느 것에도 구애받지 않는 경지였다. 익힌 무공이 그러했고, 도달한 깨달음이 그러했다.

지금은.

'마무리는 검으로.'

창은 장병이자 중병이다. 그에 따른 이점은 분명했다.

하지만 저 뒤에서 대기하고 있는 고수들까지 생각한다면 보다 빠르고 힘이 덜 드는 검으로 승부를 봐야 한다. 적의 수가 많기 때문이다.

체력을 아끼고, 내공을 아낀다.

지금의 전투는 그래야 하는 전투였다.

파바박!

기다렸다는 듯이 수십의 무인들이 몰려왔다.

강비의 막강한 무력으로 이미 다섯 무인들이 목숨을 잃었다. 충분히 두려워할 만도 한데 그들의 눈에는 투지만이 가득했다.

서걱!

치고 들어가 일검으로 두 명의 목을 날려 버리는 강비였다.

전투적인 일검이다. 휘두르는 검세에 묵직함은 사라지고, 속도와 예리함이 깃들었다. 사모창을 들었을 때와는 판이하게 다른 무리(武理)다.

터어엉!

휘몰아치고 끊어내며 타격하는 온갖 무공이 드러났다. 순식간의 세 명의 무인들이 이승을 떠났다.

이제는 구십 대 일의 싸움이다.

멈칫한 무인들이 각기 진을 짜며 포위망을 조여온다.

이전에도 그랬지만 지금은 조금 더 강건해진 느낌이었다.

강비의 눈이 세 명의 노인 앞, 천천히 걸어오는 개방도들에게 향했다.

눈에 초점이 잡혀 있지 않다. 분명 제정신은 아니다.

'저들을 쓰려는 건가.'

공격해 들어오다가 피해를 보면 주춤 물러나고 다시 진을 짜며 포위해 오는 적들.

공격의 시기를 보고 있는 것이다. 개방도들을 언제 투입할지, 언제 진법으로 몰아붙일지를 파악하는 것이다.

이 또한 심리전이라면 심리전이랄까. 맞상대하는 강비로서는 또 하나의 부담인 셈이었다.

어쨌든 이곳에 진을 친 적도들의 눈은 끈 것 같은데, 이제는 생존의 문제가 걸렸다.

그는 가볍게 숨을 몰아쉬었다.

천천히 깜빡이는 눈동자에, 마침내 결단의 빛이 어렸다.

'나는 내 길을 가면 된다.'

어떻게든 살릴 생각이었지만 상황이 좋지 않았다. 그렇다고 목을 내밀고 죽여달라 할 수도 없는 노릇.

개방도들이 방해한다면, 죽여서라도 갈 결심이 섰다.

무림 세력 간의 싸움이 아닌, 전쟁으로 보기 시작한 강비였다.

콰아앙!

기세를 보며 틈을 잡으려던 적도들 사이로, 강비가 먼저 짓쳐 들었다.

동시에 진법이 발동한다.

먼저 나아간 만큼 이쪽에 틈을 내주는 것, 이곳을 둘러싼 적, 천혈귀(天血鬼)들에게는 오히려 쌍수를 들고 환영할 만한 사태였다.

퍼억! 서걱!

진법 한가운데에 뛰어들어 검과 주먹을 휘두르는 강비였다.

진법 속에서, 유기적으로 진기가 유통하고 있었다. 서로의 기를 주거니 받거니 하며 기력을 증폭시키고 있었다. 대단한 진법이었다.

강비의 옆구리에 작은 혈선이 그어졌다.

탄력적으로 몸을 돌려 피한다고 했지만, 진법의 힘에 의해 몸놀림이 둔해졌다. 충분히 피할 수 있는 공격에 상처를 입은 것은 그런 이유에서였다.

치리리링!

사방에서 쏟아지는 도검 세례들.

어떻게든 피해내려고 해도 절묘하게 틈을 노리며 들어온다. 혀가 돌아갈 만한 진법이다. 일전 백단화가 상대했던 철마단과 비교해도 전혀 부족함이 없는 이들이었다.

따다당! 피슉!

대다수의 병장기를 검 한 자루로 모조리 튕겨냈지만, 등에도 허벅지에도 상처를 입었다. 그나마 근육에 손상이 가지 않아 다행이랄까.

하지만 이만한 상처를 계속 입는다면 강비가 먼저 지칠 것이다.

서거걱!

일검참격에 세 명의 무인들이 반쪽으로 갈라졌다.

제아무리 틈을 내주었다 해도 강비의 무공은 강렬했다. 상처 입는 것을 두려워하지 않고 광룡검식을 전개하니 서너 명이 튕겨 나가기도 하고 누구는 목숨이 날아가 버렸다.

'이놈들……'

그렇게 몇 번의 전투를 치르면서.

강비는 깨닫는다.

'이놈들도 마찬가지로군.'

냉정하게 계산해 가며 도검을 휘두르던 나머지 간과했다.

이놈들도 마찬가지였다. 저 개방도들처럼, 본인의 의지가 없다. 이지를 상실한 것이다.

이지를 상실했음에도 이렇게 절묘한 공격들을 해 댄다는 게 놀라웠다. 필시 초혼방에서 키워낸 무사들이리라.

"후읍."

파아악!

재빠르게 뒤로 물러나자 그가 서 있던 땅이 터져 나갔다. 일곱 명의 천혈귀들이 휘두른 무공에 땅이 버텨내질 못하고 있는 것이다.

터엉!

바로 그때였다.

뒤에서 슬그머니 모습을 드러낸 개방도들이 엄청난 속도로 달려오고 있었다.

그들이 달려오는 선은 절묘함 그 자체였다.

불과 다섯 명인데, 전투의 공격선을 지켜가며 다가오고 있다.

어느 곳으로 검을 떨쳐도 개방도들부터 죽어나갈 것이다. 인간 방패를 던져 낸 격이다.

강비는 입술을 깨물었다.

필시 천리신개와의 대화 때, 자신의 성향에 대해 파악한 것이 틀림이 없었다. 그러지 않았다면 개방도들을 이렇게 쓰진 않았을 것이다.

'미안하군.'

그의 두 눈에 붉은 섬광이 떠올랐다.

이들을 살리면서 이기는 방도도 있을 것이다. 깊게 고심을 해본다면, 분명 그런 전술도 있을 것이다.

하지만 지금은 아니다.

떠오르지도 않거니와 심력을 소모해 가면서 끌어갈 전투가 아니었다.

강비의 검이 냉정하게 허공을 갈랐다.

누구라도 일격에 저승으로 보낼 검격이었다.

그리고 그 검의 끝에는 개방도 다섯의 목숨이 있었다.

퍼석.

순간 강비가 검을 회수하며 재빠르게 뒤로 물러났다. 거의 절벽의 끄트머리까지 물러난 그다.

공격을 하다 만 그다.

뒤늦게 부담을 느껴서 그랬을까?

전혀 그렇지 않았다.

강비는 이 감각을 알고 있었다.

무당파 현성진인이 뒤를 쫓아왔을 때의 불안감. 그리고 그 불안감을 해소시키며 날아오던 서문종신의 든든함.

옥인을 구하기 위해 난입했던 비사림 마인과의 전투.

천랑군주의 마수에서 등효를 구하기 위해 난입한 전투.

전투에 있어 늘 번뜩이던 그의 핏빛 육감이 빛을 발하고 있었다. 강비의 얼굴에 한시름 놨다는 기색이 생생하게 떠오르고 있었다.

"이제 좀 살 수 있으려나 보군."

본인의 육감을 확신하는 그다.

'불안감이 사라지고 있어.'

누군가가 도움의 손길을 뻗어내려 한다.

그것도 막강한 무인이.

그렇다면 굳이 이들을 죽이면서까지 체력을 구비할 이유가 없다.

제대로 날뛰면 되는 것이다. 도움을 줄 누군가가 있다면, 이 전투도 한결 쉬워지리라.

재차 나아가는 강비의 발걸음이 이전보다 훨씬 경쾌해졌다.

$$* \qquad * \qquad *$$

비록 십대혼주에 속하지는 않지만, 개개인의 역량

은 칠혼주 이상이라고 평가받는 이들이 바로 마신삼검(魔神三劍)이었다.

스스로 이름을 버리고 일마(一魔), 이마, 삼마라고 자칭하는 그들은 검도의 고수들이지만 동시에 술법의 고수이기도 했다. 술법과 무공을 동시에 익힌 천재들, 하지만 초혼방 내에서도 아는 자들이 많지 않은 이들.

이른바 초혼방이 숨겨든 비장의 수라고 할 수 있겠다.

마신삼검의 수장, 일마가 눈썹을 찡그렸다.

"저놈 뭐하는 거지?"

개방도들을 향해 망설임 없이 무공을 전개할 때, 셋은 전투에 개입할 작정을 했다. 심리의 틈이 생긴 강자를 베어내는 것, 마신삼검의 유희거리 중 하나였다.

한데 또다시 물러서 버린다.

이마는 코웃음을 쳤다.

"막상 죽이려니 마음에 걸렸던 게지요."

"얄팍하군. 장부의 마음가짐이 아니야. 저런 여린 아이가 어찌 저리 강해질 수 있었을꼬?"

"재능이 남다른 탓이겠지요."

세 노인의 눈동자에는 불같은 질투심이 그득해졌다.

강비, 얼핏 보아도 서른 언저리로 보이는 청년이다. 그런 청년의 무력이 상상을 초월한다. 세 사람이 동시에 덤벼도 승패를 장담하기 힘든 고수가 아닌가.

그들은 자부심이 넘치는 이들이었다. 강비라는 존재는, 마신삼검에게 있어 존재만으로도 죽어 마땅할 고약한 놈이었다.

"어쨌든 시간은 우리 편이다. 천천히 말려 죽이는 것도 나쁘지 않겠어."

뒤에 서서 전투를 바라보기만 하는 그들이다. 그만한 실력이라면 호방하게 맞서자며 뛰쳐나갈 만도 할 텐데, 전혀 그럴 기색이 없다.

정작 강자에게 덤벼들 호승심도 없는 자들. 그럼에도 상대를 깎아내리는 데에는 한 점의 부끄러움이 없다.

치졸한 마인(魔人)들이었다.

하지만 그렇기에 더욱 무서운 자들이었다. 호랑이의 송곳니를 가진 승냥이들이다. 용맹하게 맞서 오는 이들보다, 이러한 자들이 훨씬 상대하기 어려운

법이다.

"다시 한 번 자극해 보지그러나."

일마의 말에 삼마는 구슬 하나를 꺼내 들었다.

구슬이라 보기에는 상당히 크다. 성인 남성 손에 딱 들어찰 정도의 크기다.

일마는 감탄하며 말했다.

"다시 봐도 대단하군. 흑주괴박으로 본인의 술법을 봉인하여 타인을 조종하다니, 이런 술법도 있었군그 래."

은은한 흑색으로 빛나는 구슬.

그곳에는 개방도들을 조종하는 비술이 깃들어 있었 다. 동조 술법을 익히지 못한 마신삼검이 뒤에만 서서 그들을 조종할 수 있는 것은 이유가 있었다.

"일단은 뒤로 물리는 것이 어떻겠습니까?"

이마의 말에 일마가 고개를 갸웃거렸다.

"더 아끼려고?"

"괜히 밀어 넣어 죽이기만 하는 것보다 틈새에 몰아 서 정신을 산란케 하는 게 보기 좋지 않겠습니까? 어 떻게 놀지 기대가 되는데요?"

히죽 웃는 얼굴에 사악함이 가득했다.

일마와 삼마는 킬킬거리며 웃었다. 상상만 해도 즐거운 듯 진심으로 웃는 그들이었다.

"그래. 좋다, 좋아. 그 꼴을 보는 것도 나쁘지 않겠어."

임무가 떨어졌다지만, 그들은 딱히 임무를 중요시하지도 않았다. 자신들의 유희가 중요할 뿐이다.

혹시나 몰라 데려온 고수들치고는 무척이나 강한 그들이었지만, 동시에 버릴 때는 확실하게 버릴 수 있는 자들을 데려온 반혼이었다. 반혼의 생각을 알았다면 마신삼검의 표정도 좋지는 못할 것이다.

그렇게 킬킬거리며 웃고 있는 세 명의 마인 뒤로.

"사악한 자들이로군."

퍼뜩 놀란 마신삼검이다.

그들의 시선이 대번에 뒤로 향했다. 이미 손에는 허리춤에서 뽑은 검이 들렸다. 번개 같은 발검, 성정은 치졸할지라도 실력은 확실했다.

'없다?'

일마의 눈에 당황이 깃들었다. 그것은 이마와 삼마도 마찬가지였다.

정작 뒤를 돌아보았는데, 젊고 차분한 목소리의 주

인공이 보이지 않았다.

터어엉!

느닷없이 들리는 경쾌한 소리.

세 사람의 눈이 다시 원래의 자리로 향했다.

그리고 그곳에서 한 명의 검사를 발견할 수 있었
다.

적색과 청색이 절묘하게 배합된 아리따운 도복. 화
산 산세의 문양이 새겨진 옷이었다. 더불어 휘두르는
손에는 화산파에서도 매화검수 이상만이 들 수 있다는
매화장검이 들려 있었다.

서거걱!

뻗어내는 일검.

참격이 아님에도 검권 안에 있는 무인 셋의 목숨이
그대로 날아갔다. 뻗어내었을 뿐인데, 검신 주변에 흐
르는 검풍만으로 상대의 목숨을 취한 것이다.

신비한 검법이었다. 세상 어디에서도 쉬이 찾아볼
수 없는 공부다.

오로지 강비를 향해 집중되어 있던 진법의 흐름이
요동쳤다.

퍼억! 퍼억!

검법 뒤에는 장법이다. 일장, 일장이 무척이나 빠르고 경쾌한데 그 장법에 당한 무인들은 어김없이 땅에 누워버린다. 일격으로 상대의 심맥을 타격하는 것이다.

무서운 침투경.

가벼운 일수, 대나무 잎이 허공에서 노니는 것처럼 하늘거린다. 하지만 막상 당한 상대는 내부가 온통 박살이 나서 피를 토하며 죽게 된다.

화산일절 죽엽수(竹葉手)였다. 그것도 완벽에 이른 수공(手功)이었다.

일마의 얼굴이 일그러졌다.

"누구냐!"

쩌렁쩌렁하게 외치는 음색에 마기가 한가득이다.

옥인은 슬쩍 일마를 돌아보다가 다시 검을 휘둘렀다.

철저한 무시였다.

마신삼검의 몸에서 강렬한 마기가 풍겼다.

비록 인의 없는 마인들이지만 서로를 끔찍하게 아끼는 사이기도 하다. 한 명의 고통은 남은 둘의 고통이기도 하니, 일마가 받은 수치심을 이마와 삼마도 받은 것이다.

"이노옴!"

딱히 도발할 생각은 아니었지만, 세 사람은 참지 못하고 옥인을 향해 검을 휘둘러 왔다.

빠르고 격정적인 검법이었다.

옥인의 검이 일순 거대한 대붕의 환상을 일으켰다.

화산무제 소요자가 창안한 일대검법이다. 화산의 무학을 재해석하여 스스로의 강검으로 만들어낸 절대적인 검법이 실로 오랜만에 모습을 드러내고 있었다.

부아아앙!

마치 강비의 회천포처럼.

소름끼치는 소리를 내며 휘둘러진 일검에 만근 경력이 실린다.

쩌어어어어엉!

"크윽!"

그 어느 때보다도 강렬한 울림이 태산 전체를 울리는 것 같았다.

붕익천강검(鵬翼天罡劍), 파괴력이 완벽하게 살아 있는 일검에 마신삼검이 주춤 물러났다. 이쪽은 셋이고 상대는 한 명인데, 그 한 명이 휘두른 검격에 마신삼검 전체가 물러난 것이다.

하지만 충격을 받은 것은 옥인도 마찬가지였다. 제아무리 치졸한 마인들이라지만 실력 하나는 확실해서, 옥인 역시 다섯 걸음 이상 물러나 경력을 해소시켜야만 했다.

그럼에도.

그럼에도 옥인의 표정은 변함이 없었다.

상대가 어떤 자들이라도 마음의 흔들림은 없다. 부동검심, 완벽한 검사의 재능이 함께하고 있었다.

"강한 무공이구려. 그런 무공들을 익히고선 어찌 무인의 자존심은 챙기지 않았던 게요?"

부드럽게 말하는 옥인이다.

상대를 도발할 의도는 하나도 없다. 그저 진심으로 묻는 것뿐이다.

그랬기에, 스스로를 돌아보게 한다. 마신삼검의 얼굴이 시뻘겋게 달아올랐다.

"이 어린놈이! 어디서 나타난 게냐!"

"그게 중요한 상황은 아니지 않소?"

"대가리에 피도 안 마른 놈이 감히 어르신들을 농

락해?!"

파악!

가장 성격이 급한 삼마가 뛰쳐나갔다.

휘이익!

격하게 휘두르는 장검이다. 일격에 옥인을 두 쪽 낼 기세였다.

확실히 그들의 검법은 대단했다. 투로가 기괴한 마공일지언정 수준 자체가 대단한 것이다. 옥인조차 감히 경시하지 못할 정도였다.

하지만 딱 거기까지였다.

경시하지 못할 정도. 그러나 작정하면 충분히 박살 낼 수 있을 정도.

옥인의 매화검이 아래에서 위로, 수직으로 솟구쳤다.

쩌저정!

"큭!"

그저 일검을 올려친 것뿐인데, 검과 검이 부딪치는 기음이 서너 번 들려온다. 경력을 절묘하게 풀어 쓰는데 그 묘용이 대단했다.

삼검의 몸이 튕겨 나갔다.

경력으로 투로를 막고, 검날로 검날을 쪼개 부숴 버

리는 힘이다. 세심한 교검(巧劍)으로 이름 높은 화산의 절학과 전혀 다른 검이었다.

"이놈!"

삼검이 튕겨지자마자 이마가 나아간다.

화살처럼 뻗어내는 일검.

섬격이며 자격(刺擊)이다. 삼마보다 한층 더 강렬한 검법이었다.

옥인의 몸이 흩어졌다.

퍼억!

진법을 이룬 애꿎은 천혈귀 둘만 목숨을 잃었다.

"거치적거리는 것들! 비켜라!"

쩌렁쩌렁 외치는 일마다.

이번에는 일마까지 움직였다. 그의 시선이 정확하게 옥인의 회피로를 향하고, 동시에 일마와 삼마가 그곳으로 치고 들어갔다.

옥인의 검이 다시 한 번 대붕의 날갯짓을 머금었다.

붕익천강검, 화익신조(火翼神鳥)의 검초다. 불꽃같은 날개를 펼치는 대붕, 주작(朱雀)이었다.

쩌엉! 쩌어엉!

세 사람의 검이 연신 부딪쳤다.

뿜어지는 경력이 땅을 부수고, 튕겨 나간 검기가 무인 하나의 머리를 쪼개고 지나갔다. 그저 충돌만으로도 지형이 변한다. 누구라도 그 안에 들어서는 순간 목숨을 잃을 각오를 해야 한다. 막강한 무공들이 거리낌 없이 부딪치고 있었다.

일마는 연신 검을 휘두르면서도 경악을 금치 못했다.

'도대체 이놈은 또 뭐냐!'

저 멀리서 무시무시한 무공을 구사하고 있는 젊은 놈도 감당하기 힘든데, 갑자기 나타난 이 애송이 검사는 또 뭔지 모르겠다.

괴물 같은 광룡보다는 처질지언정, 마신삼검의 무공을 밀어내기에는 넘치도록 과한 힘을 가진 검사였다.

쩌저정! 쩌저저정!

놀라운 것은 검에 깃든 내공이었다.

수십 년간 내공을 연마한 마신삼검의 힘을 동시에 상대할 만큼 강렬하다.

뿐인가? 그만한 내공으로 펼치는 검격이라고는 믿을 수 없을 정도로 파격적이다. 내공만이 아니라 검법의 수준도 지극히 높다는 뜻이다.

터어엉.

옥인의 몸이 뒤로 튕겨지듯 날아왔다.

아무리 그가 강하다 해도 홀로 마신삼검의 무공을 상대하기에는 무리였다.

비겁하고 치졸하기 짝이 없는 마인들이었지만 절묘하게 틈을 노리는 검격이 일품인지라 제아무리 옥인이라도 후퇴를 할 수밖에 없었다.

하지만 후퇴는 후퇴이되, 그것은 곧 공격의 다른 이름과 같았다.

대번에 무인들 속으로 파고들어 진법을 뒤흔든다.

마신삼검으로서는 분통이 터질 일이었다.

당장 쪼개서 죽여도 모자람이 없을 놈이 쥐새끼처럼 빠져나가며 천혈귀들을 박살 내고 있다. 막상 가서 검을 휘두르면 또 상대해 주다가, 또 불리하다 싶으면 천혈귀들을 물고 늘어진다.

"이 망할 애송이가!!"

진짜로 분노해 버린 세 마두다.

눈에서 마기를 줄기줄기 뻗어내며 질주하는데, 수하라 할 수 있는 천혈귀들의 안전은 전혀 돌보지 않는다.

휘두르는 검에 걸리는 걸 개의치 않았다. 일단 옥인부터 죽이자는 마음이었다.

옥인의 몸놀림은 절묘했다.

화산파의 오행매화보(五行梅花步)를 완벽하게 체득한 몸놀림이다.

이제는 마신삼검의 무공을 흘려내며 천혈귀들에게 그대로 피해가 가도록 조절하기까지 한다.

무공이 상승한 것도 충분히 놀랍지만, 임기응변 역시 타의 추종을 불허한다.

넘치는 재능에 안주하지 않고 뼈를 깎는 노력을 했던 옥인이 화산무제 소요자의 가르침을 받아 완전한 무인으로 성장했으니, 제아무리 마신삼검이라 해도 옥인을 잡기 힘들었다.

퍼어억!

눈이 뒤집혀 무공을 남발하던 마신삼검.

그중 이마의 눈이 뒤를 향했다.

문득 느껴지는 타격음 때문이었다.

그리고 그곳에는 옥인보다 더 어려 보이는, 이제 갓 스물이 될까 싶은 또 다른 청년이 막강한 권법으로 천혈귀들을 물리치는 게 보였다.

옥인보다 약하다지만 중원 천하 어디에 가도 인정을 받을 만한 무공이었다. 내치는 권법의 힘이 대단히 막강했다. 천혈귀 하나를 처리하는 데 주먹질 다섯 번을 넘기지 않았다.

"저놈은 또 뭐냐!"

폭급한 성질머리가 머리 꼭대기까지 오른 그들이다.

순식간에 전세가 아수라장이 되었다.

오로지 강비 하나만을 사냥하기 위해 날뛰던 천혈귀들조차, 조종자인 마신삼검이 날뛰니 어찌할 바를 모르고 있었다.

강비의 눈에 섬광이 어렸다.

'옥인! 천아!'

여기서 이렇게 볼 줄이야.

알 수 없는 안도감의 정체가 저 둘일 줄이야 상상도 못했다.

하물며 오랜만에 보는 두 사람의 무공은 보고도 믿겨지지 않을 만큼 대단했다. 소요자, 태사부 밑에서 가르침을 받았다는 소린 들었지만 저 정도로 강해졌을 줄은 몰랐다.

누구보다도 믿음직한 아군들.

어쨌든 이건 기회였다. 그것도 큰 기회다.

후방에서 적들을 교란하는 그들이다.

강비의 몸이 탄력적으로 움직였다. 당황해서 멍하니 서 있기만 하던 개방도들의 틈을 비집고 들어간 것이다.

적은 당황하고 아군의 힘은 커졌으니 승부의 추가 다시금 기울어지고 있었다.

퍼어억! 퍼어어억!

내치는 청목검에 어느 때보다도 막강한 힘이 깃들었다.

내공과 체력을 안배할 필요가 없어졌다.

광룡검식의 거친 힘이 천혈귀들을 강타할 때마다, 진법이 통째로 흔들려 갔다. 그 누구보다도 막강한 검법을 펼쳐 내는 강비였다.

콰앙!

이윽고 폭음까지 낸다.

한 번의 강한 검격으로 다섯 천혈귀들을 뒤로 튕겨 내 버린 강비가 거대한 회천의 포격을 모았다.

흘러 들어가는 거대한 붉은 바람.

그리고 쏘아지는 화탄이었다.

부아앙! 퍼버벅!

광룡식 회천포.

광룡검식 회천검룡포였다. 무자비한 검기의 포탄이 천혈귀 넷을 그 자리에서 갈아버렸다.

마신삼검의 평정심이 무너졌기 때문일까?

이지가 되살아나는 건지 뭔지 모르겠지만 지금까지와는 다르게 천혈귀들이 비칠비칠 물러서고 있었다.

강비의 몸에서 이는 기세와, 그의 검에서 뿜어진 경력이 그들에게 두려움을 안겨주고 있는 것이다.

퍼어억! 콰앙!

폭음은 폭음을 부르고 참격의 검법은 목숨을 거두어낸다.

뒤에서 조여오고, 앞에선 내리누르는 형세다.

일순 강비의 눈이 번쩍였다.

'저들부터 처리한다!'

그의 눈에 닿은 자들.

바로 마신삼검이다.

옥인의 절묘한 임기응변으로 피해내니 미친 듯이 주변만 초토화시키는 마인들이었다. 그들 때문에 죽은 천혈귀의 숫자가 이십을 넘어간다. 이미 진법은 진법이라 불릴 모양새를 내지 못하고 있었다.

퍼버벅!

강비의 몸이 공중에 떠오른다 싶더니, 이내 천혈귀들의 어깨를 밟고 나아갔다.

그의 발에 밟힌 천혈귀들은 죄다 주저앉았다. 강비의 발을 통해 터진 진각이 그들의 상반신을 부숴 버린 것이다.

터어어엉!

탄력적인 몸놀림으로 나아간 강비가 정신없이 검을 휘두르는 삼마에게 돌진했다.

일마의 눈이 커졌다.

"조심해!"

그의 외침은 늦은 감이 있었다.

서둘러 검을 들어보지만, 이미 강비의 신형이 번개처럼 삼마를 지나쳐 버린 후였다.

소리도, 기세도 없었다. 마치 유령군주의 검법을 보는 것처럼 아무것도 느껴지지 않는다.

하지만 삼마는 덜컥 멈추어 서서 멍하니 전방을 바라볼 뿐이었다.

이윽고 그의 목에 붉은 선이 새겨졌다 싶은 순간.

데구르르.

삼마의 목이 떨어졌다.

단번에 삼마를 죽인 강비였다. 그의 눈에, 경악 어린 일마의 얼굴과 침중한 이마의 안색이 비쳐 들었다.

"만나고 싶었다. 저 뒤에서 말이야."

간만이 씨익 웃는 강비다.

이빨이 다 드러난 웃음. 엄청나게 살벌한 미소였다. 맹수가 미소 짓고 있었다.

강비와 옥인, 그리고 장천.

그 앞에 선 일마와 이마는 이제야 자신들이 한 짓을 알아채고야 말았다.

분노에 휩싸여 아군까지 죽인 행태. 어떻게 돌이킬 수가 없었다.

일마와 이마의 눈이 허공에서 부딪쳤다.

굳이 말로 하지 않아도 서로의 생각을 읽은 그들이다.

파악!

도주였다.

친동생처럼 여기던 삼마가 죽었음에도 복수보다 도주를 택한다. 마인다운 선택이다.

강비와 옥인이 움직인 것도 순간이었다.

붉은색 미친 용이 돌풍을 일으키며 일마에게 나아갔고, 거대한 자색의 검격이 대붕의 날개처럼 뻗어 나가며 이마의 몸을 감쌌다.

콰르릉!

폭음과 함께 피 보라가 터졌다.

겁에 질려 무조건 도주를 감행했으나, 강비와 옥인이 뿜어낸 무자비한 무공 앞에서 기어이 목숨을 잃은 것이다. 시신조차 제대로 구하지 못했으니, 그간 그들이 행해온 악행을 생각한다면 실로 어울리는 최후라할 수 있겠다.

천혈귀들의 몸이 우뚝 멈추었다.

자신들의 이지를 쥐고 명령을 내리던 사람들이 죽었다. 더 이상 움직일 수 없었던 것이다.

살아 있음에도 강시와 다를 바 없는 천혈귀들은 그렇게 진법까지도 풀었다.

순식간에 정리가 된 전투다.

옥인과 장천이 교란하지 않았다면 끝까지 정면승부로 시간을 끌었을 전투.

강비의 눈이 두 사람을 향했다.

"오랜만에 보는군."

"강 형."

옥인이 포권을 취했다.

일 년 전과 변한 게 없는 듯 하면서도 완전하게 다른 남자가 보인다. 무공의 비약적인 성장을 넘어 성정도 한층 단단해진 것 같았다.

"형님!"

그리고 장천이다.

이제 청년이 다 되었음에도 뛰어와 펄쩍 안기는 모양새가 정말 막내 동생이 따로 없다. 강비는 장천의 등을 두들겼다.

"그간 잘 지냈느냐?"

장천의 눈동자가 떨려왔다.

"많이 다치셨군요."

"별거 아니다. 너희 덕분이야."

두 사람이 변했다면 강비도 변했다. 이런 말을 하는

남자가 아니었는데, 스스럼없는 성정으로 변모한 것이다.

옥인과 장천이 놀란 눈으로 강비를 보다가 크게 웃었다.

그렇게 재회한 세 사람.

술 한잔 나누며 밀린 이야기를 해도 모자랄 것이다. 전장이라는 것이 안타까울 뿐이다.

전투의 한 축이 정리가 된 지금.

태산의 모든 전쟁이 마무리를 향해 나아가고 있었다.

5.
사제정리(師弟情理)

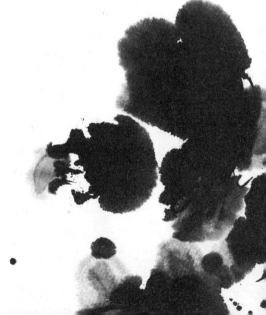

"헉. 헉."

벽란의 입에서 격한 호흡이 흘러나왔다.

무인이든 술사든 호흡으로 기를 인도하는 이들이다. 기공의 고수가 호흡에 문제가 왔다는 것, 그건 그만큼 그녀가 지쳤다는 것을 의미했다.

하지만 그것은 반혼이라고 다르지 않았다.

무표정한 얼굴. 왼쪽 얼굴은 화상을 입어 쭈글쭈글 해져 악마의 외양이 따로 없었다.

그 역시 호흡을 제대로 고르지 못하고 있었다.

놀라운 결과다.

반혼은 잠시나마 본래의 술력을 끌어올 수 있었다. 그것이 원정의 기운, 생명력이었기에 오히려 더 거친 감이 있었을 것이다.

그럼에도 벽란과 반혼은 동수의 실력을 보여주고 있었다.

반혼의 떨리는 눈이 벽란의 손을 향했다.

그녀가 쥐고 있는 한 자루 신검(神劍).

'천라신검!!'

고금 무림사, 최고의 신병이기를 꼽을 때 항상 언급되는 검이었다. 언제 만들어졌는지도, 어떤 재질로 만들어졌는지도 알 수 없지만 검 자체의 신기가 찬연하여 범부는 가까이 다가가지도 못하는 절세기병이었다.

그런 천라검이 벽란의 손에 쥐였다.

신병이기를 제대로 사용할 줄 아니, 한 번 뻗어내는 술법이 무식한 위력을 뿜어내고 부적 한 장으로 천지조화를 이루어낸다. 어떠한 술법 앞에서도 무적의 방어막을 자랑하고 있는 것이다.

오히려 그런 벽란을 이 정도로 몰아붙인 반혼이 대단하다고 봐야 할지.

반혼은 허탈한 미소를 흘렸다.

"뭔가 수가 있을 거라고 생각은 했다만, 설마 천라 검을 가지고 있었을 줄이야."

벽란은 말을 아꼈다. 애써 호흡을 고르고 반혼을 바라보는 그녀다.

'위험했다.'

숱한 술법들이 미친 듯이 서로를 향해 쏘아지며 무지막지한 전투를 벌였다. 만약 천라검이라는 희대의 신병이 아니었다면 벽란은 진즉에 목숨을 잃었을 것이다.

반혼은 주먹을 들었다.

그 주먹에서 휘황찬란한 기운이 서렸다.

"시공지술(時空之術)을 펼치려 해도, 천라검이 있으니 무리겠지."

천라검에서 뿜어지는 신기는 최고, 최악의 술법이라는 시공지술조차도 찢어발기는 힘을 지녔다.

물론 쥐고 있는 사람이 벽란인 탓도 있었다. 절정고수가 천라검을 쥐었다 해도 반혼이 작정하면 술법을 걸 수 있으리라.

벽란이기에.

벽란 정도의 초고수이기에 천라검으로 시공지술까지 베어버릴 수 있는 것이다.

"그렇다면……."

화르르륵.

오른쪽 주먹에서 빛나는 광채가 새하얗게 물들어가고, 왼쪽 주먹에서는 시뻘건 화염이 맺혔다.

벽란의 얼굴이 굳어졌다.

'설마!'

반혼의 입매가 비틀어진다.

"그 천라검과 함께, 이 세상에서 존재 자체를 지워주마!"

쩌렁쩌렁하게 외치는 반혼이다.

콰르릉!

두 주먹이 부딪치며 거센 굉음을 흘렸다.

한쪽은 극양(極陽)이요, 한쪽은 극음(極陰)이다. 그 사이로 술력을 쏟아 기(氣)의 다리를 이어주니 일순 미친 듯이 얽히고설킨 기운이 천공을 향해 쏘아지며 거대한 먹구름을 생성해 냈다.

축융강림과 같은 선상에서 언급되는, 최악의 파괴력을 가진 뇌진의 술수.

"뇌공진천극주포(雷公震天極呪砲)!!"

수천 줄기의 벼락을 하나의 틀에 묶어, 포탄처럼 그대로 쏘아 보내는 무지막지한 술법이다.

반혼의 두 손이 쫙 펴지고, 각 검지와 엄지가 맞닿았다.

두 개의 검지, 두 개의 엄지가 맞닿아 만들어낸 작은 공간 안에 벽란이 잡혔다.

조준 완료다.

반혼의 입에서 기합성이 울렸다.

"멸(滅)!"

벽란의 몸이 안개처럼 훅 사라졌다.

퍼억! 콰르르르릉!

세상에 이런 광경이 또 있을까.

세계가 무너진다.

하늘 높은 곳에서 쏟아진 엄청난 두께의 번개는 쉴 새 없이 땅을 내려치며 막대한 파괴의 광경을 만들어 냈다.

땅이 부서지고 나무들은 재가 되어 스러졌다. 심지어 그 자신이 만든 결계조차도 무자비하게 찢겨 나가 소멸해 버린다.

후우우우웅!

번개의 압축포가 쏟아지고 나자 엄청난 후폭풍이 일어났다. 주변으로 번쩍이는 뇌전이 명멸을 반복했고 공기가 뜨겁게 달아올랐다.

무시무시한 광경.

직접 공격용, 최악의 술법 중 하나인 뇌공의 극주포는 이처럼 막강했다. 상식 안에서 이해할 만한 위력이 아니었다.

"쿨럭!"

흐르는 먼지 속에서.

벽란은 왈칵 피를 토했다.

'내가 아직 살아 있나?'

치가 다 떨린다.

설마 무식하게 뇌공진천극주포까지 펼칠 줄이야.

뇌공진천극주포, 지금 반혼의 상태에서 펼쳐 내기란 지극히 어려운 술법이다. 아니, 어려운 걸 넘어서 제 목숨을 장담하지 못하는 최고위 술법이었다.

이 정도의 위력이라면 필시 전신전력을 다한 것이리라. 죽지 않아도 평생 술법을 펼치지 못할 만큼, 막대한 영력을 잡아먹는 술법이었다.

벽란은 머리를 짚으며 일어났다.

피한다고 피했는데, 다행히 몸은 멀쩡한 것 같았다. 내상은 심했지만 죽을 만큼은 아니다.

놀라운 일이었다.

'어떻게든 방어 술법을 펼쳤는데, 그게 도움이 되었나?'

손에 쥔 천라검으로 뽑아낼 수 있는 영력에도 한계가 있다.

수준의 높낮음으로만 따지자면 시공지술이 뇌공진천극주포보다 한 단계 위, 가히 술법의 정점이라 할 만하지만 천라검은 벽란의 영력을 받는다면 그런 시공조차 찢어발길 힘을 자아낸다.

그러나 이런 직접 공격용의 술법에서는 취약하다. 이유인 즉, 대자연의 신(神)을 강림시키는 일이기 때문이다.

뇌공의 극주포에서 살아난 것은 그야말로 천운이라 할 만 했다.

천천히 먼지가 걷히고.

벽란의 눈썹이 크게 꿈틀거렸다.

먼지가 걷히기도 전에 심안으로 반혼의 상태를 살핀

그녀다.

반혼의 가슴이 뻥 뚫려 있었다.

술법의 부작용이라고 보기에는 너무나도 흉한 모습이다. 저런 부작용은, 적어도 술법일문에는 존재하지 않는다.

"휴, 겨우 살았군. 뭐 이런 무지막지한 술법이 다 있어?"

털썩.

반혼의 무릎이 떨어졌다.

동시에 그의 뒤에서 나타난 한 남자가 있었다.

칠 척에 가까운 키. 커다란 덩치에 강인한 인상.

벽란의 얼굴이 밝아졌다.

"등 대협!"

"벽 소저 고생이 이만저만이 아니었겠소. 참나, 하늘에서 번개를 불러내? 이게 사람이 펼칠 수 있는 술법인가?"

등효는 혀를 내둘렀다.

멀찍이 떨어져 있어서 다행이지, 근처만 갔어도 그대로 재가 되어버렸을 것이다. 눈으로 보고도 믿기지 않는 위력이었다.

반혼의 고개가 천천히 뒤로 향했다.

가슴이 뻥 뚫렸음에도 즉사하지 않는다. 굉장한 생명력이었다.

"…맨주먹으로 나의 술법에 제동을 걸다니."

등효는 부릅뜬 눈으로 반혼을 바라보다가 한 자루 검을 꺼내 들었다.

반혼의 눈이 커졌다.

"빙백혼?!"

"아는군. 애석하게도 내 무공 덕분은 아니었어. 어떻게든 휘둘렀기에 다행이지, 찰나만 늦었어도 다 죽을 뻔했군."

"권법 절기에 능한 줄 알았더니, 검법도 익혔나?"

"웃기는 소리하는군. 물론 본문은 두 주먹으로 모든 걸 해결하는 참된 무인들이지만, 동시에 온갖 무기술에도 능하다. 대산무문의 장문인 정도 되려면 당연한 소양이지."

별것도 아니라는 투로 말했지만, 그것은 또 그것대로 대단한 일이었다.

반혼의 입술이 꾹 다물어졌다.

"대산무문이었나. 역시… 대단하군."

"칭찬이 과하군. 나보다 더 대단한 사람이 저기 있잖나."

반혼의 고개가 다시 돌아갔다.

모든 기를 소모해서일까. 감각으로도 기감으로도 잡아내지 못했다.

벽란을 부축하는 한 명의 남자가 있었다. 그답지 않게 사뭇 조심스러운 손길로 벽란을 잡고 있다.

"파천의 군신이로군."

강비의 눈이 반혼에게로 향했다.

그의 눈에 신광이 번뜩인다.

"네놈이냐?"

거의 속삭이듯 말하는 강비다.

하지만 그 말은, 바람을 타고 나아가 반혼의 귀로 쏙 들어갔다. 그만큼 강렬한 감정을 지니고 있었다.

강비와 반혼의 눈이 허공에서 부딪쳤다.

불꽃을 튀기는 안광이다. 한 명은 멀쩡하고 한 명은 다 죽어가는 사람임에도, 박빙의 안광을 뿜어내고 있었다.

반혼의 입매가 재차 비틀어졌다.

비웃는 것인지, 서글픈 것인지 구별이 되질 않는다.

"과연… 대단하군. 등 뒤로 수천 군병(軍兵)들의 혼을 업고 있어. 죽은 동료들의 복락(福樂)을 받고 있다 이건가."

반혼의 고개가 하늘을 향해 올라갔다.

뇌공의 극주포로 만들어낸 먹구름은 어느새 완전히 사라져 버렸다. 겨울의 하늘치고는 무척 화창한 하늘이 그의 눈에 한가득 쏟아져 들어왔다.

"음양신, 그분의 말이 사실이었어. 몰려오는 먹구름 옆, 제아무리 대단한 검이라도 벼락을 피할 수 없는 것이 당연하거늘, 무슨 광명을 얻고자 옆에서 서성였던가. 내가 먼저 벼락의 희생자가 된 것이 다행일까?"

의미를 알 수 없는 말이었다.

반혼의 눈이 다시 강비에게로 향했다.

"파천군신 광룡왕. 앞으로 네가 얼마나 커다란 벼락으로 성장하게 될지 지켜볼 수 없어 안타깝구나. 내가 그분의 방벽이 되어주어야 했는데, 그러지 못함이 서글프구나."

"자업자득이지."

"하지만 천운이 너에게만 흐르는 것은 아니다.

생(生)에 흉과 살만을 남겨온 너이니만큼, 불운도 끼어 있음을 알아야 할 것이다. 많은 것을 잃을 터, 그럼에도 감히 초혼신을 소멸시킬 벼락이 될 수 있을까."

"난 그따위 것은 몰라. 그냥 내 길을 걸어갈 뿐이다."

"불운도 함께 안고 가겠다 이건가. 하기야, 그만한 남자이니 수천의 혼령들이 네게 힘을 주는 거겠지."

그때, 저 멀리서 늙수레한 목소리가 들려왔다.

"인생이란 결국 그런 것을. 마냥 즐거운 인생따위 세상 어디에도 없는 법이다."

너무나 지친 목소리지만, 일대종사의 기품이 그대로 깃든 목소리이기도 했다.

강비의 얼굴이 밝아졌다.

뒤를 돌아보니, 서문종신을 부축한 옥인과 장천의 모습이 보였다.

반혼의 눈에 또 다른 감탄이 깃들었다.

"정말 대단하시오. 결계에서 나올 때, 당신이 제정신을 차리지 못할 거라고 난 확신했소. 한데 이리 걸어 나오는구려. 한 점의 마기도 흘리지 않고. 정녕 감탄을 금치 못하겠소."

"나야말로. 가슴이 그리 뻥 뚫렸는데 아직도 주절주절 말할 수 있는 게 신기해."

힘은 없지만 장난기가 엿보이는 말투다. 그리 지친 와중임에도.

반혼이 한숨을 쉬었다.

아니, 그렇게 보였다. 이미 폐까지 모조리 사라져 버린 그다. 한숨을 쉴 수 있을 리가 없다.

하기야, 애초에 폐장 없이 말을 하는 것만으로도 기사(奇事)였지만.

"냉정함을 최고의 미덕으로 삼았던 내 자신이, 배신자를 눈앞에 두고 감정을 수습치 못해 이런 꼴을 당했구나. 나답지 않은 짓이었어. 어쩌면 이 역시 보이지 않는 천운이 작용한 것은 아닐까 생각하게 되는군."

누구한테 하는 말일까.

좌중은 가만히 반혼을 바라만 보았다.

반혼의 눈이 한 명, 한 명과 마주치다가 이내 벽란에게 닿았다.

눈을 감고 있지만, 서로를 마주하는 것만 같았다.

"내 육신은 사라져도, 나의 혼만큼은 죽지 않을 것이다. 언제나처럼 살아남는 건 나다. 언젠가, 다시 너의 앞에 나타나 배신의 대가를 치르게 해주리라."

예언처럼 들리는 말이었다.

등효는 코웃음을 치며 주먹을 들었다.

"산송장이 너무 말이 많군."

퍼억!

머리가 통째로 날아가는 반혼이었다. 등효의 주먹에
는 한 점의 자비도 보이질 않았다.

그렇게 초혼방 최고의 술사로 이름을 날리던 일혼주,
반혼의 목숨이 끊어졌다.

털썩 쓰러지는 시신이 덧없다.

술법계의 거장이라면 거장이다. 그런 이가 가슴이
뚫리고 머리통이 부서져 쓰러졌다.

벽란의 표정이 복잡해졌다.

분명 죽고 죽이던 사이였지만 일혼주와 모르는 사이
도 아니었다. 행한 짓을 보면 죽어도 모자람이 없으나,
또한 사람 감정이라는 것이 마냥 단순한 것도 아니잖
은가.

광혼단주 때와는 또 달랐다.

그녀는 문득 어깨를 두들기는 손길을 느꼈다.

"강 공자?"

"너무 그러지 마라."

"네?"

"네 덕분에 서문 영감이 살았어. 네가 아니었으면 위험했다. 그것만 생각해."

냉정하기 짝이 없는 말이었다.

하나 냉정하되, 동시에 배려가 깃든 말이었다. 벽란의 얼굴에 놀라움이 서렸다.

정말 사람이 달라진 건 아닐까? 이런 말을 해주는 사람이 아니었는데.

강비는 벽란을 부축하고는 서문종신의 앞에 섰다.

서문종신이 씨익 웃는다.

초췌해 보이지만 그래도 썩 괜찮아 보인다.

"왔구만."

"영감, 생각보다 건강해 뵈네."

"의지의 서문종신 아니겠느냐."

"용케 잘 버틴 모양이야."

"그따위 거, 내 자존심을 꺾을 수는 없지."

강비는 피식 웃었다.

전혀 달라지지 않은 그다. 일 년 만에 만난 서문종신은, 그때와 똑같았다.

"다행이야. 살아 있어서."

서문종신이 어리둥절한 표정으로 강비의 볼을 꼬집었다.

강비의 눈썹이 일그러졌다.

"놔."

"너 내가 아는 그놈 맞냐? 인피면구 아니야, 이거?"

"확 때린다."

"어쭈. 좀 컸다 이거지?"

"이제 손 좀 섞을 만큼은 컸지."

서문종신은 강비의 볼에 손을 떼고는 그를 위아래로 둘러보았다.

"그래. 그래 보이는군."

무신의 인정이었다.

서문종신의 눈에도 지금의 강비는 실로 놀라운 기도를 뿜내고 있었던 것이다. 아직 그나 진관호에 비하면 손색이 있지만, 천외천의 초월자들만이 오를 수 있는 계단만큼은 확실하게 내딛고 있었다.

언제가 되었건.

어떻게든 뛰어오르고자 하는 막강한 의지가 강비와 함께 하고 있었던 것이다.

이 드넓은 천하에 서로에 대한 존중과 존경, 고마움을 느낄 사이는 쉬이 발견하기 어렵다. 그런 면에 있어, 이 자리에 모인 모두는 동료라는 이름으로 모인 복이 있으니, 앞으로 어떠한 어려움이 나타나도 능히 극복할 수 있으리라.

그렇게 서문종신의 구출은 성공하였다.

*   *   *

진관호는 차를 마시며 눈앞의 두 여인을 바라보았다.

감탄부터 나오게 되는 것은 별수가 없다.

한 명은 법왕교의 작은 주인이고, 다른 한 명은 법왕교 최강의 무력 단체인 신화단의 단주다.

민비화, 한참이나 어린 나이지만 신비로운 기도가 발군이다. 술법과 무공 어느 방면에서나 절정고수 이상의 능력을 자랑하고 있으니, 또 다른 천재를 바라보는 진관호의 눈동자가 감탄으로 물들 수밖에.

그 옆은 또 어떤가.

민비화의 공부가 감탄이라면, 백단화의 공부는 감동이나 다름없다.

지금의 진관호보다 한참이나 어린 여인이, 가히 일대종사의 기도를 품고 있었다. 막강함이 하늘에 닿았다. 서늘한 눈송이, 한 번 몰아치면 폭풍처럼 내달릴 절대적인 무력이 느껴지고 있었다.

'엄청나군.'

법왕교에 대한 인상이 새롭게 정립되는 기분이다.

작은 주인인 민비화.

신화단 단주 백단화.

두 사람의 출중한 공부를 바라본 진관호는 탄식을 터트렸다.

"참으로 대단하시오. 내 숱한 여걸들을 봐왔지만, 지금 눈앞에 보이는 여걸들이 그중 제일임을 인정하지 않을 수 없겠소이다."

진심이 가득한 칭찬이었다.

민비화는 고개를 저었다.

"저희야말로 놀랐어요. 암천루, 대단하다고 듣기는 했지만 보보(步步)마다 고수가 아닌 이들이 없더군요."

"허허. 소교주만 하겠소?"

"그 틱틱대는 여성분도 저에 못지않던데요."

틱틱대는 여성분.

민비화가 말하는 사람이 누군지 모르면 암천루 사람이 아니다. 진관호는 볼을 긁적이며 입을 열었다.

"선하 그 녀석이 소교주를 불편하게 한 모양이오."

"불편할 것도 없어요. 실상 우리가 불편하게 했죠. 강비 그 사람도 없는데 여기서 죽치고 앉아 있는 것만 해도 큰 결례 아닌가요."

"그리 말씀하지 마시오. 강비 그놈의 손님이면 암천루의 손님인 셈이오. 언제고 이곳에 머물러도 좋소이다."

민비화는 눈을 치떠서 진관호의 얼굴을 바라보았다.

'진심이군.'

대단하다.

한 단체의 장이면서도 이리 저자세로 나올 수 있다는 것만으로도 대단한 것인데, 얼굴에는 진심만이 그득했다.

'암천루, 정말 엄청난 신룡(神龍)들이 득실거리는구나.'

강비만 해도 무식하게 강한데 거기에 함께 나간 덩치 큰 장년인, 등효도 엄청난 강자다. 당장 민비화의 무력으로는 세 합이나 제대로 받을 수 있을까 싶을 만큼의 강자인 것이다.

루주는 또 어떤가.

그야말로 정점을 보는 것 같았다.

강비야 꽤 오래 같이 지내서 특유의 기도를 읽을 수 있는데 눈앞에 진관호는 그렇지 않았다. 허허롭기가 말도 못하여, 아무런 기척조차 읽을 수가 없었다.

'강비나 백 단주 이상. 이 정도면 스승님과도……'

그녀는 고개를 저었다.

적어도 그녀가 아는 세상에서 사부는 무적이나 다름이 없다. 아무리 암천루주라도 사부님을 이길 순 없을 것이다.

하지만 한순간이라도 스승의 무력을 떠올리게 했다는 것, 그것만으로도 경악이라 할 수 있었다. 중원 정점을 논하는 무력임이 분명했다.

백단화는 두 손으로 허벅지를 불끈 쥐었다.

민비화가 느낀 것을 보다 구체적으로 느낄 수 있는 그녀다. 아무리 민비화의 상단전이 지극히 발달이 되었더라도, 무력이 경지를 넘어서지 않은 이상 초월자들의 세계를 엿볼 순 없었다.

백단화가 보는 진관호는 상상을 초월하는 강자였다.

'암천루. 정말 어떤 단체이기에…….'

강비, 등효, 진관호.

이 셋만 보내도 어지간한 문파는 눈 깜짝할 새에 초토화가 될 것이다. 일인군단이나 다름 없는 절대고수들이 무려 세 명이나 존재한다.

진관호의 눈이 백단화에게 향했다.

자신의 기를 읽은 걸 알아챈 것이다. 그는 살짝 웃었다.

"수더분한 사람이라 백 단주의 눈에는 차지 않을 것이외다."

겸양의 발언이었다. 백단화는 퍼뜩 놀랐지만 고개를 저었다.

"무신(武神)이 여기에 계셨군요."

"무신이라니, 어찌 그런 말씀을 하시오."

"소림사 방장이라도 그만한 무공을 연성했을지 의문인걸요. 정말 대단하세요."

민비화가 놀란 눈으로 백단화를 바라보았다.

엄청난 강자라고 생각은 했지만, 그 정도인가 싶었다.

진관호는 손사래를 쳤다.

"부담스럽기 짝이 없는 말이오. 이 사람은 한참 멀었소이다."

"암천루의 주인이시라더니, 암천루 최고의 무인이시군요."

"암천루 최고? 설마 그럴 리야 있겠소?"

아무렇지도 않게 말하는 그다. 백단화는 물론 민비화도 당황했다.

스스로 암천루주를 맡고 있다 소개했지만, 암천루 최강자임은 부인한다.

'그렇다면 이 사람보다 더 강한 사람이 존재한단 말인가?'

등줄기로 소름이 끼쳤다.

진관호의 눈은 진실을 말하고 있었다. 더할 나위 없는 사실을 당연하다는 듯이 말하는데 굳이 살필 것도 없었다.

'암천루……. 한참이나 잘못 봤어.'

엄청난 강자들의 집단이라고 생각은 했지만, 상식이라는 게 있는 법이다. 이 암천루는 상식선에서 생각할 만한 단체가 아니었다.

"그나저나, 이제 앞으로의 행로는 어찌할 생각이시

오늘?"

"네?"

"물론 본루에 계시며 본 조직원들에게 가르침을 내려준다면야 감사하지만, 내 소교주는 만나봐야 할 사람이 있는 걸로 아오만."

민비화의 눈이 번쩍였다.

"그걸 어떻게?"

진관호는 멋쩍은 듯 웃었다.

"내가 개방의 용두방주와 꽤 친한 편이라오. 이미 다 말했다고 들었는데?"

"…그렇군요."

어쩐지 어린애가 되어버린 것 같았다.

남들은 다 알고 있었던 것을 자신만 모르고 있다. 괜한 패배감이 가슴 깊은 곳에서 피어오르고 있었다.

진정한 강호의 세계를 알아가는 그녀다.

밝은 양지가 있다면 어두운 음지도 있는 법. 특히나 그런 정보들은 음지에서 빠르게 확산되는 법이다. 제대로 된 경험을 해본 적이 없는 민비화에게는 아직 마냥 어려운 세계일 수밖에 없었다.

"가야할 것 같아요."

"안타까운 일이로군. 하면 언제 가실 생각이시오?"

"내일 중으로 떠나려고요."

"무척 빠르구려."

"그냥 앉아만 있기에는 좀……."

"불편하신 게요?"

"그렇기도 하고요."

진관호는 하하 웃었다.

"솔직하시구려. 소교주는 어쩐지 선하와 비슷한 구석이 있소. 두 사람이 대화하면 꽤 살벌해질 것 같소이다."

농담이랍시고 건넸지만 웃는 사람은 없었다. 진관호는 머쓱하게 머리를 긁적였다.

"내일 출발하신다면, 이쪽에서 마차와 마부를 준비해 드리리다."

"그럴 필요까지는……."

"사양치 마시오. 물론 두 분의 무공이 출중하여 금세 도달할 것이라는 걸 알고는 있소만, 그래도 이쪽의 성의까지 무시하진 말아주시오."

완곡한 배려였다. 민비화는 고개를 끄덕였다.

"감사해요."

"별말씀을."

그렇게 몇 마디 더 나눈 그들은 일각 후 헤어졌다.

두 여인을 보낸 진관호의 얼굴이 천천히 굳어지기 시작했다.

"민비화와 백단화라. 심지어 백 단주는 바로 그 설풍무(雪風武)의 후인이라니."

천하에 아는 이도 몇 없는 설풍무.

진관호는 그것을 잘 알고 있었다.

괜한 답답함에 한숨을 내쉬는 그다.

"운명이라는 것도 참 거지 같군. 보고 싶을 때는 옷자락 하나 보여주지 않더니, 이렇게 바쁠 때 한꺼번에 몰아치고 있는가."

씁쓸하게 중얼거리는 진관호다.

*　　　　*　　　　*

일보복마(一步伏魔)요, 일권무적(一拳無敵)이라.

한 걸음에 마귀가 엎드려 떨고, 한 번의 주먹질이면 눈앞에 적이 없다.

당대 소림 방장 적인 대사를 설명하는 말은 그 여덟 자구로 충분했다.

중원에서 비공인 천하제일 문파라 인정받는 소림사를 운영하는 사람이라면 뭐가 달라도 달라야 하는 법이다.

불법무한(佛法無限)이라, 적인의 심성은 능히 방장에 걸맞은 자애로움으로 가득했지만 그보다 더 대단한 것이 바로 그의 무공이었다.

이미 청년 시절부터 소림사 제일기재라는 평을 받으며 성장한 적인 대사였다. 마인들을 상대함에도 삿되게 손을 쓰지 않았고, 오히려 설법(說法)으로 그들을 감화시키는 적인 대사의 명성은 천하를 진동케 하는 것이었다.

하지만 적인 대사는 잘 알고 있었다.

자신에 대한 세간의 인식이 너무 과장되었음을.

소림사 제일기재라는 칭호가 너무 과분한 것임을 잘 알고 있었다. 그러한 칭호, 진정한 주인이 따로 있었기 때문이다.

어릴 적, 머나먼 곳으로 보낸 막내 사제.

아무것도 모르는 나이에, 말도 잘 통하지 않는 변방

으로 나아가 타향살이를 해야 했던 아이.

그런 아이가, 이제는 자신조차 승패를 장담할 수 없는 천인(天人)이 되어 나타났다.

불법에 한 몸 바친 적인 대사였지만, 막내 사제를 보는 감흥은 남다를 수밖에 없었다. 어떠한 말도 쉽게 꺼낼 수 없었다.

하지만 그것은 막내 사제도 마찬가지였으니.

적송이라는 법명을 받았던 법왕교주는 떨리는 눈으로 사형을 바라보았다.

패기 넘치는 굴강함과 단 하나의 삿됨도 용납지 않던 대사형이, 지금은 자애로움이 한눈에 보이는 노승이 되어 자신을 바라보고 있었다.

흐른 세월이 얼만가.

못다한 말이 얼마나 많았던가.

"많이 성장했구나."

적인 대사의 첫마디는 그와 같았다.

어깨를 토닥여 주지도 활짝 웃어주지도 않았지만, 적송은 그 한마디에 왈칵 눈물이 쏟아져 나올 것 같은 기분을 느꼈다.

늙수레한 목소리에 말로 표현 못할 정이 가득했기

때문이다. 적인 대사의 말에서 느껴지는 감정은 한두 가지가 아니었다.

미안함, 대견함, 슬픔, 고마움, 착잡함.

모든 감정이 깃든다.

그것으로 족했다. 적송은, 적인 대사의 그 한마디로 족했다. 지난 수십 년의 세월을 그 한마디로 보상받는 느낌이었다.

"대사형께서는 많이 늙으셨습니다."

농담 같은 한마디였지만, 그것은 또한 절대로 농담이 아니었다.

언제나 태산 같은 위용을 자랑하던 대사형이다. 그런 대사형도 세월이 주는 아픔을 피해가지 못했다. 왜소해지고 인자해진 대사형.

물기 어린 눈으로 자신을 바라보는 막내 사제를 보던 적인 대사는 잠시 천장을 바라보았다.

그간 단련하고 또 단련한 부동심은 어디로 갔는가. 소림사 방장인 그조차도 눈물이 나올 것 같았다.

몇 번 눈을 깜빡이며 눈물을 삼킨 그가 웃으며 적송에게 말을 걸었다.

"실로 놀랍다. 다시 만나면 많은 것을 해주리라 다

짐했는데, 너의 강건함이 천하에 이르러 해줄 것이 없구나. 늙은 사형이 몸뚱이를 기대어도 부족함이 없다."

소림사 방장이 이런 농담을 하는 것.

결코 쉬이볼 수 없는 일이다. 적송은 활짝 웃었다.

"그저 이리 뵌 것만으로도 대사형께서는 제게 모든 것을 주셨습니다."

적인 대사는 탄식했다.

그리 힘겨운 임무를 대신한 세월이 수십 년이다. 그런 세월 앞에서도 막내 사제는 한 점 흐트러짐이 없었다. 불도(佛道)에서 멀어졌을지언정 진정한 인도(人道)를 지키는, 사람 냄새나는 대인이 된 것이다.

"그래. 그간 어찌 지냈더냐?"

그간의 세월을 말로 표현하자면 삼일 밤낮이 모자랄 것이다. 그것은 적인도 알고 적송도 알고 있었다.

"재미있게 지냈습니다."

그 한마디로 모든 걸 함축하는 적송이었다.

적인 대사의 얼굴이 흐려졌다.

유쾌하게 말은 했지만, 그것이 곧 적송의 인생이었을 것이다. 그 힘든 임무 앞에서, 하나하나 재미를 느끼지 않았다면 버티지 못했을 것이다. 일부러라도 인생에 의미를 부여하며 살아왔던 것이다.

"잘 왔다. 앞으로 어떻게 살지는, 전적으로 너에게 달렸으나 어떻게 살든 너의 삶을 소림이 지켜줄 것이다. 바깥으로 나가도 넌 소림의 사람이다."

반드시 듣고 싶었던 말이다.

소림의 사람.

비록 법왕교의 교주 직을 맡고 있지만 적송은 소림의 사람이었다. 그것을 잊은 적이 없었고, 사형들도 잊지 않으리라 생각했다. 이렇게 말해주는 대사형이 너무나도 고마웠다.

"감사합니다."

한 마디, 한 마디에 정감이 묻어나온다.

수십 년 만에 만난 사형제지간의 애정은 그와 같았다. 오히려 세월이 지날수록 깊어진 건지, 분위기가 무척이나 고아했다.

"그나저나 그간 고생이 많았다고 들었다."

삼대마종을 이야기함이었다. 적송은 고개를 저었다.

"운이 좋았는지, 별 탈 없이 지나간 세월입니다."

"제자도 하나 들였다고 하던데 말이다."

"들으셨군요."

"네가 삼은 제자라면 보지 않아도 능히 알 수 있겠다. 필시 총명함이 하늘에 닿은 아이겠지."

"제가 부족하긴 하지만, 인복은 있었던 모양입니다. 총명할 뿐만이 아니라 재능도 출중하여 그 나이대의 저의 성취를 뛰어넘고 있습니다."

"대단하구나. 꼭 한 번 보고 싶다."

"곧 만날 수 있을 겁니다."

적인은 적송의 눈을 보며 고개를 끄덕였다.

"술법. 무공이든 술법이든 근본을 지키고 있다면 거리낄 것이 무에 있을까. 너의 두 눈을 보니, 그 아이와의 연사를 느낀 모양이다."

"작은 재주입니다."

"천지간의 운명을 실로 보는 것, 어찌 작은 재주이겠느냐."

"그저, 그 아이에게 미안할 뿐입니다."

"그 아이에게 미안해야 할 사람은 네가 아니라 나이고 소림이다. 애초에 그랬으면 안 되었다."

"이미 지나간 일이지요. 하나 그 아이를 제자 삼은 것은 저입니다. 그간의 사정을 말해주지 않은 것이 걸립니다."

"네가 키웠는데 어찌 그런 걱정을 하는 게냐. 미안함은 미안함이되, 네가 말했듯 총명하고 재주가 출중하다면 사부를 이해해 줄 것이다."

이미 알고 있는 바였다. 하지만 그럼에도 미안함이 수그러지는 건 아니었다.

"한데 대사형."

"말하거라."

"연초, 무신성주와의 비무가 있다고 들었습니다."

적인은 빙긋 웃었다.

"알고 있었구나."

"예."

적송은 살짝 머뭇거리다가 말했다.

"무신성주는 강합니다."

행여나 사형이 언짢아할까 조심스러운 기색이었다. 적인은 허허 웃었다.

"오죽하겠느냐? 지닌바 무공이 하늘에 닿았다고 하더라. 벌써부터 겁이 나는구나."

그를 두고 어찌 비무를 승낙했느냐, 감히 말할 수 없었다. 적인 대사, 존재 자체만으로도 소림사다. 소림사가 무신성주의 도발적인 비무를 그냥 피해갈 수는 없는 법이었다.

전술과 전략을 넘어선 가치.

중원 무림의 자존심이기 때문이다.

"무신성주는… 선대와 다릅니다. 좋게 말하면 진취적인 성격이지만 나쁘게 말하면 야망이 크고 욕망으로 꽉 찬 위인이지요."

"무도만을 걷는 집단이 이렇게 대놓고 야욕을 드러냈을 때부터 짐작하고 있었느니라."

"그렇군요."

"너무 걱정하진 말거라. 비록 육신은 늙었으나 본사의 무공을 구사하기에는 아직 무리가 없도다."

흔치 않은 장난기다. 적송은 편하게 웃었다.

'하기야 대사형의 무공이라면.'

천하의 무신성주라 한들 어찌 소림 방장의 무공을 쉽게 보겠는가. 천년소림의 위명은 이미 존재만으로도 전설이다.

적송은 사형을 믿었다.

"먼 길 오느라 고되었을 터인데, 오늘은 이만 쉬거라. 다른 사형제들과의 담소는 내일 나누기로 하자."

"예."

고적한 산세 속 천년의 역사를 간직한 사찰.

소림사, 방장실에서의 대화는 그렇게 끝이 났다.

*   *   *

생각보다 훨씬 일찍 도착하게 된 일행이다.

갈 때도 빨랐지만 올 때도 빨랐다. 처음에는 서문종신의 몸 상태를 걱정했지만 지닌바 무신의 역량은 어디로 가지 않은 듯, 하루아침에 제 실력을 되찾고 일행 중 최강자의 면모를 유감없이 보여주었다.

진관호는 안도한 기색으로 서문종신을 반겼다.

"다행입니다, 어르신."

다소 초췌한 얼굴이었다. 진관호만 한 고수가 이런 얼굴을 보이기란 쉽지 않다. 그만큼 심력 소모가 극심했다는 뜻이리라.

서문종신은 콧방귀를 뀌었다.

"이제 그만 좀 굴려. 이번에는 진짜 위험했다고."

농담임을 알지만 그냥 농담으로 넘기기 힘든 말이기도 했다. 진관호는 면목 없다는 듯 한숨을 쉬었다.

"다 제 탓입니다."

"맞아. 다 루주 탓이니까 오늘 밤에는 술상 좀 깔아
봐. 좋은 놈으로다가."

"어련하시겠습니까."

진관호의 눈이 이번에는 강비에게 향했다.

여전히 나른한 눈빛이다. 삐딱한 자세도 똑같다.

"이놈아."

그러고는 대뜸 껴안는 진관호다.

강비의 눈이 당황으로 물들었다.

이런 떨떠름한 짓을 하는 양반이 아니었는데.

강비가 당황할 만도 했다.

"숨 막혀. 팔 좀 풀어."

"잘 돌아왔다."

한마디였지만, 그 한마디에는 그간의 걱정이 다 담
겨 있었다. 강비는 피식 웃었다.

"다 루주 때문이야."

서문종신이 한 말과 똑같다. 한옆에 선 서문종신이
킬킬 웃어 댔다.

진관호는 팔을 풀고 강비의 어깨에 손을 올렸다.

가만히 강비를 살피는 진관호.

"정말 엄청나게 성장했구나. 만년 묵은 산삼이라도

먹은 거냐?"

"엄청나게 노력했지."

스스로의 노력을 자랑한 적이 없었던 그다. 그만큼 힘든 세월이었다는 뜻이리라.

등효는 가만히 휘파람을 불었다.

"엄청나구만."

강비. 서문종신. 진관호.

초월자 셋이 서로를 바라보는 광경이다.

그저 선 것만으로도 장관이었다.

강비의 잠잠하면서도 격렬한 기도와 서문종신의 허허로운 기운, 진관호의 호수와 같은 잔잔함이 한데 뭉치자 중원 어디에서도 볼 수 없는 신비로움이 풍겼다.

천하(天下)라 불리는 거대한 산의 정상을 향해 달려가는 사람들.

등효 역시 무척이나 강해졌지만, 저 세 사람에 비하기는 무리가 있었다. 금세 도달할 거리 같으면서도 도무지 닿을 수 없는 구름과 같았다.

진관호의 눈이 이번엔 장천에게로 향했다.

대뜸 그의 볼을 꼬집는 그다.

"이놈."

"아아! 아파요."

"이 녀석, 잘 배웠느냐?"

강비를 바라볼 때 못지않게 짙은 감정이 흐른다. 진관호가 얼마나 걱정을 많이 했는지 알 수 있는 광경이었다.

"화산무제께서 많은 걸 가르쳐 주셨어요."

"그래 보인다. 허어, 그때의 네가 아니구나. 혼원일정공이 엄청나게 깊어졌어. 이제는 무혼조(武魂組) 소속으로 들어가는 게 어떠냐?"

암천루 무혼조에는 서문종신과 강비 등이 속한 곳으로 무력 해결을 전문으로 하는 조직이었다.

그만큼 장천의 무공이 크게 성장했다는 뜻이었다. 장천은 손사래를 쳤다.

"저런 괴물들이 속한 곳으로 제가 어떻게 가요. 저는 그냥 제가 할 일이나 하렵니다."

장난기는 그대로였지만 어쩐지 어른스러워 보인다.

무공이 성장만이 아닌, 사람 자체가 성장한 느낌이었다. 혈기가 뻗칠 만한 나이임에도 차분해 보이는 것이 보는 이로 하여금 감탄을 자아내게 한다.

시련을 겪은 이들이 숱한 노력으로 성장하여 이곳에

도달했으니, 기쁨도 남다르리라.

"오늘만큼은 푹 쉬거라. 당분간은 여유롭게 지내도록 해."

"듣자 하니 여유로운 상황은 아닌 것 같던데요?"

장천의 말은 제법 시기적절했다. 이럴 때가 아니면 언급하기 쉽지 않은 상황이었기 때문이다.

모두의 시선이 진관호에게로 향했다.

진관호는 한숨을 쉬었다.

"그렇긴 하지."

강비는 툭 말했다.

"또 뭐가 있긴 있구만."

떨떠름함이 한껏 묻어나오는 말이었다.

진관호는 미안한 눈으로 강비를 쳐다보았다.

"당분간은 좀 쉬게 내버려 둘 작정이었지만, 또 고생 좀 해야겠다."

"악덕 상사."

"이놈아. 그래도 술상은 확실하게 차려주잖아."

"광룡왕이라는 소문은 당최 어디서 나왔는지 모르겠네."

진관호가 찔끔 고개를 숙였다.

"그거는 선하가… 쳇, 됐다. 내가 허락했으니 결국 내가 한 일이지. 그냥 네가 이해해라."

"알았으니까 내가 할 일이나 말해줘. 뭔데?"

진관호의 얼굴이 진지해졌다.

급변하는 분위기다. 농담 따먹기를 하며 부드러웠던 분위기가 한순간에 진지해진다.

등효와 벽란은 놀란 눈으로 그들을 바라보았다.

분위기의 전환이 무척이나 자연스럽다. 일을 할 때는 확실하다는 걸까. 처음 보는 광경이니만큼 신기할 수밖에 없었다.

"의뢰가 하나 들어왔다."

"그러니까 말하셔."

"암천루에 들어온 의뢰가 아니라 너에게 따로 들어온 의뢰야."

강비의 눈썹이 꿈틀거렸다.

"뭐라고?"

"너한테 따로 들어온 의뢰라고. 정확히는, 광룡왕에게 들어온 의뢰지만."

광룡왕.

그놈의 세 글자 정말이지 징글징글하다. 벌써부터

떼어버리고 싶은 별호였다.

"뭔데?"

"연초에 숭산 비무가 있는 건 알지?"

"알지. 무신성주의 비무첩을 소림 방장이 덜컥 승낙해 버렸다며?"

"그래. 잘 알고 있군."

"유명하니까."

"한데 그 비무의 규칙이 좀 바뀌었어."

"바뀌었다고?"

"무신성주와 소림 방장과의 비무는 변함이 없다. 하지만 단판 승부였던 그 자리에 비무자의 수가 늘었어."

"무슨 소리야. 알아듣게 얘기해."

"하여간 이놈의 조직, 상하 관계가 엉망이야, 엉망. 그쪽에서 비무의 규칙을 바꿨다는 얘기다. 무신성주와 소림 방장과의 비무 전, 두 명을 따로 선발해서 비무 내기를 걸었다는 거다."

"비무 내기라니?"

진관호의 눈동자가 강렬해졌다.

"삼 대 삼의 생사결."

"뭐라고?!"

"두 번 먼저 우승한 쪽이 승리하는 거다. 중원과 새외 무림의 모든 것을 건 비무야."

이곳에 있는 모두의 얼굴이 멍해졌다.

"뭐 그딴 게 다 있어? 모든 것을 걸었다고?"

"그래. 만일 중원이 이긴다면, 새외무림 삼대마종이 조용히 물러나 향후 삼십 년간 도발하지 않기로 했다."

향후 삼십 년간 새외에 다시 처박혀 있겠다는 뜻이다.

강비의 눈동자가 빛났다.

"그놈들, 뭔가 일이 꼬였군."

"꼬였다기보다는 따로 노리는 술수가 있다고 생각한다."

"하지만 뭔가 배수진을 친 모양샌데?"

"잘 봤어. 그게 뭔지 이쪽에서도 발 빠르게 알아보는 중이다. 아직까지 알아낸 건 없지만 말이다."

중원 무림에 속한 모든 정보 대대가 움직이고 있음에도 알아낸 것이 없다. 뭔가 철저히 숨기고 있다는 뜻이리라.

"구린 냄새가 나."

"그 구린내가 뭔지 파악하는 건 이쪽이 할 일이니까 넌 신경 안 써도 된다. 네가 신경 써야 할 것은 의뢰니까."

"허."

서문종신이 가만히 팔짱을 꼈다.

"어떻게 비무가 이렇게 흘러갔지? 소림 방장은 그걸 허용했나?"

"허용했습니다. 했으니까 이렇게 되었지요."

"근데 강비 이놈에게 왜 의뢰가 왔어? 이놈이 제법 쓸 만해지기는 했지만 찾아보면 이놈보다 대단한 고수들이 있을 텐데."

정답이었다. 강비도 그것이 궁금하다는 듯 진관호를 빤히 바라보았다.

"그것도 규칙의 하나입니다. 무신성주와 소림방장 간의 비무 전에 두 번의 비무를 한다. 한 번의 비무는 중원과 새외무림에서 각각 보일 수 있는 최고의 패를 꺼내 싸운다. 그리고 다른 하나의 비무는⋯⋯."

진관호는 가만히 강비를 바라보았다.

강비는 씹어뱉듯 말했다.

"후기지수?"

"정답이다. 젊은 층에서 최고의 인재를 선발해 대결시키려는 모양이야."

그래서 강비에게 의뢰가 따로 온 것이다.

젊은 층에서 건질 수 있는 최고의 고수.

철마신 만효를 격파하고, 천랑군주를 대패시켰으며, 비사림에 숱한 피해를 준, 최근 가장 두각을 드러내고 있는 강호신성(江湖新星)이 강비 아니던가.

이미 그 무력이 무신의 경지에 도달했으니 의뢰를 넣은 것도 무리가 아니다.

"천의맹에서 넣은 의뢰인가?"

"그럼 걔네들이지 어디겠냐."

"젠장할 것들. 가지가지 한다."

"별수 없어. 수락을 했으니, 이쪽에서 보낼 수 있는 최고의 패를 건네야겠지."

이해는 하지만 영 못마땅했다.

슬쩍 강비를 훔쳐보던 진관호가 물었다.

"할 거지?"

"뭐야, 그 당연히 할 걸 짐작한다는 물음은?"

"할 것 같으니까."

"젠장. 할 것 같으니까가 아니라 해야만 하는 게 아

니고?"

진관호는 머리를 긁적였다.

"사실 그렇기는 해. 너도 암천루 소속 아니냐. 이제 암천루는 음지에서 살 수 없게 되었어. 이 전쟁에 낀 이상 말이야."

강비의 눈이 반짝였다.

"양지로 올라서시겠다?"

"그래. 그러려면 이름값이 필요하지. 이미 광룡왕 강비라는 이름이 있지만, 사람들은 눈으로 보고 확인하고 싶어 해."

"왜, 루주가 직접 나서지 않고? 아니, 그런 걸 떠나서 우리 쪽에서 제대로 내보일 수 있는 패는 따로 있지 않았어?"

모두의 시선이 서문종신에게 향했다.

서문종신은 얼굴을 한껏 구겼다.

"내가 이 나이에 남들 구경거리나 되라는 거냐? 차라리 죽여, 이것들아."

상큼할 정도로 단호한 대답이었다.

"봐봐. 저러시니까 소문을 낼 수 없었지."

"아, 진짜 미치겠네. 뭐 했다 하면 나야?!"

"별수 없잖냐. 네가 이해해라. 그래도 명성이 높아지면 좋아지는 것도 많아. 공술에 공밥 얻어먹기도 좋고, 함부로 건드리는 쭉정이들도 없고. 대우도 얼마나 좋아지는데. 아리따운 여인네들은 눈길 한 번이라도 더 줄 거고. 한마디로 살기 편해진다, 이 말이야."

어디서 한 번 들어본 말이다, 싶었는데 생각해보니 용두방주 위진양이 하는 말과 똑같다.

그래서 강비는 이전에 생각한 그대로 받아쳤다.

"좋은 점 못지않게 나쁜 점도 수두룩하지. 공술에 공밥? 허명에 집착하는 얼간이들이 술잔에 독 타려고 별 지랄을 다 할 거 아냐. 함부로 건드리는 쭉정이들이 없어져? 대신 작정하고 노리는 떨거지들도 판을 치겠지. 대우라고 해봤자 공술, 공밥의 연장 아니야? 여편네들? 애초에 그쪽에는 관심도 없어."

진관호는 투덜댔다.

"냉정한 놈. 하여튼 어떻게 할 거야? 할 거야, 말 거야?"

"뭘 할 거야, 말 거야를 말해. 별수 없다며? 그럼 해야지."

떨떠름한 승낙이었다.

"좋아. 시간은 많지 않다. 연초 비무 때까지 보름 정도 남았어. 며칠 뒤에 출발하면 될 테니까 몸조리나 잘하고 있어라."

"안 본 사이에 냉정해진 건 그쪽인데."

"여기 치이고 저기 치이다 보니 그렇게 됐다."

탄식에 가까운 한숨을 내뱉는다. 강비는 속지 않았다.

"헛소리 그만하고 저녁에 술상이나 차려줘. 간만에 다 같이 한잔하게."

진관호는 멀뚱멀뚱 강비를 쳐다보다가 그의 볼을 당겼다.

유행인가 싶다. 강비의 눈이 찌그러졌다.

"놔."

"너 내가 아는 강비 맞냐? 인피면구 아니야, 이거?"

서문종신이 한옆에서 낄낄거렸다.

실로 간만에 모인 동료들이다. 유난히 굴곡 많았던 일 년의 세월, 파도가 지나치니 어느새 잔잔한 바다가 황홀한 경치를 보여주고 있었다.

그렇게 일행은 오랜만에, 실로 오랜만에 웃으며 술자리를 가질 수 있었다.

*　　　　*　　　　*

민비화는 떨리는 눈으로 앞을 바라보았다.

익숙한 뒷모습.

뒷짐을 지고 하늘을 바라보는 사람이었다.

엄청나게 큰 키가 아니었음에도 태산을 떠받칠듯 굴강한 기도를 내뿜는 사람이었다. 신비로운 기도에, 무인의 기개가 함께하니 천하에 이와 같은 사람이 또 있을까.

"사부님."

떨리는 음성이 허공을 타고 흘러 남자의 귀로 들어섰다.

남자, 적송이 천천히 돌아섰다.

인자한 미소. 미안한 얼굴.

"그간 건강히 지냈느냐?"

〈『암천루』 제8권에서 계속〉